先生は黙っていた。黙っていたけどわかった。幸せだと想ってくれていること。愛してる、と胸の底から幾度も囁きかけてくれていること。　(本文より抜粋)

DARIA BUNKO

あめの帰るところ

朝丘 戻。

illustration✻テクノサマタ

イラストレーション❋テクノサマタ

CONTENTS

この作品はフィクションです。

実在の人物・団体・事件などに一切関係ありません。

あめの帰るところ

『こんばんは。仕事中ごめんなさい、先生。千歳《ちとせ》です。
えっと……先生が出られないってわかってたんだけど、電話しました。
声は聞こえなくても、繋がるだけでもいいやって思って。
昨日も電話でいっぱいプロポーズしてもらったのに、なんか、ばかだよね。ごめんね。

あのね、俺は先生と比べたらどうしても言葉足らずで、
きちんと返したつもりでも、先生を満たせていない気がしてすぐ不安になって、
こうして離れている今は、その不安をもっと鮮明に感じるから、
会えないだけで、自分って非力だなあー……って、毎日実感してるよ。
……先生はどんな気持ちでいるんだろう。寂しいって思わせてたら、ごめんなさい。
次に会える時は、俺がプロポーズの言葉を言うね、絶対に。
じゃあ、また明日電話する。仕事、頑張ってください』

先生へ

先生に会ったのは、俺が高校三年生に進級してすぐの春だった。受験生になって、母さんに〝塾へ通え〟と叱られて渋々通い始めた、近所の小さな予備校の講師が彼だ。

俺はマンツーマン授業を希望したから、週三日一時間を先生と過ごすことになった。

町外れの五階建てビルの最上階にある予備校で、受付のおばさんが案内してくれた教室は、長方形の机とふたり掛けの長椅子がぎゅっと占領している狭い個室。逡巡《しゅんじゅん》したのち左端に遠慮がちに腰掛けると、正面にはホワイトボード。その左手前にパイプ椅子がひとつ。

習い事は小学生の頃に通っていたそろばん塾しか経験のない俺は、ドアを眺めながらそわそわしていた。……予備校の先生ってどんなだろう。

窓のない教室は、息苦しい閉塞感と独特の埃臭さが重たく漂って俺を圧迫し、心臓が生温かい掌で握り絞られるみたいに萎《しぼ》んで、〝学力を晒《さら》した途端、呆れられるんじゃないかな〟って、気弱な思考まで湧き上がらせる。

そしてチャイムとともにやって来た先生は、パイプ椅子へ直行して俺に右半身を向け、どかっと腰掛けると目をすっと鋭く細めて、ふー……と深く長い息を吐いた。

心臓が、緊張に跳ね上がった。

「は、はじめまして、こんばんはっ。椎本千歳《しいもとちとせ》と言います。よろしく、お願いします……」

ハンサムな先生だ……ってほうけた。はっきりした二重、左目の下の泣きぼくろ、薄い唇、スラリとした長い脚。

でも先生は外見に拘《こだわ》らないのか、講師が着用を義務づけられている白衣は前がはだけて袖口がよれ、中の黒シャツもしわしわ。髪は寝ぐせ交じりにうねっていて、ジーパンの下はサンダルだ。手にはなにも持ってない。

で、第一声をあくびと一緒に短く発した。

「わからないことあったら訊《き》いて」

——え。

「あ、あの、先生……テキストのなんページを開きなさいとか、指示しないんですか？」

「しないよ。勉強は自分でわからないところをやった方が効率いいでしょ。不得意な箇所なんて、自分しかわからないんだから」

「えっ。じゅ、授業はどうやってするんですかっ？」

「解けない問題があれば貴方が訊く。俺が教える。それを繰り返すのが授業」

「それじゃ、ほとんど、自習と変わらな……、」

「うんうん、そう。毎時間、自由に自主的に勉強してね。俺はなにも言わないから」

えぇぇええ……！　なにも言わない？　先生なのに……!?

俺の顔すら見ない先生は、シャツの胸ポケットに入れていた眼鏡を出して耳にかけると、両手を白衣のポケットにしまって椅子にぐったりもたれ、両脚を伸ばしてまたあくびする。

「この、予備校は……マンツーマンだと、自習スタイルが決まりなんですか……？」

「いや、俺だけじゃないかなー」

「そ、そんな授業で、ちゃんと、成績よくなりますか？」

「それは貴方次第でしょ。大学に行きたいなら、自分で努力しなさい。たとえ落ちても受験するのは貴方なんだから、俺や予備校のせいじゃない。全部自己責任です」

びっくりするぐらい正論だけど納得いくはずもなく、目の前で瞼《まぶた》を半分閉じて床へ視線を下げ、そのまま寝入ってしまいそうな先生を唖然と見返した。

「……じ、自己紹介も、しないんですか」

「〝先生〟って呼んでるじゃない」

「そう、ですけど……」

「俺、生徒の名前憶えないから」

「なっ。よ、呼ぶ時はどうするんですか⁉」

「服の色とか、髪型の特徴で呼ぶよ」

徹底してる……。でもだめだ。こんなの、先生として全然だめだっ。

「先生は、ふ、不真面目です！」

「よく言われる。なんでだろうね」

「こ、講師に向いてなさすぎです！」

「頭はいいよ」

「うわあもう、自分で言うしっ」

ぷっ、と吹き出して楽しそうにふにゃふにゃ笑い、前髪を掻《か》き上げる先生。勇気を振り絞っての必死の説得もあっさり蹴散らされ、心が動揺と当惑と呆れでくしゃくしゃになった。

「そんなことじゃいけないです。先生は教育者として全然お手本にならないです！」

「それは学校の先生の仕事であって、予備校講師は生徒に知識を提供すればいいだけでしょ」

「提供すればいいだけなんていい加減な気持ちじゃ、先生だって仕事が楽しくないでしょ！」

敬語も忘れて怒鳴ったら、先生はやっと俺を見返して目をくるりと丸め、ほろとこぼした。

「……怒った。怒られた。俺のこと叱った」

「叱ったよ！」

「貴方は他人を叱れる子なんだね」

「え」

「嬉しい。……ありがとう」

今度はいきなり感動した面持ちでお礼を言われ、顔がどかんと赤く破裂する。い、意味がからない……と、逃げるように鞄から数学のテキストを取り、どぎまぎ混乱したまま開いた。

なんだこの人なんだこの人、って感情が乱れて、問題なんかちっとも頭に入らない。苛立《いらだ》ちとも羞恥《しゅうち》ともつかない感情を持て余していたら、先生は俺の顔を覗《のぞ》き込んでまじまじ見つめ、シャーペンを持つ手の甲をつんつん突いてきた。

「……ね、どうして叱ったの？」

「し、叱りたくないけど叱ります、先生みたいな人はっ。他の生徒だって叱るでしょ？」

「〝仕事を楽しめない〟なんて叱ってくれた人はいなかったよ。不満ならすぐチェンジだし」

「ちぇ、チェンジっ……か、哀しくないの？」

「哀しい？　生徒は勉強方法が合う講師を選択しないとだめだよ。……ご両親の教育の賜《たまもの》？　貴方はなんだか、すごく優しくていい子のようです」

真剣に褒めるからまた顔が熱した。呆然と硬直していると、テキストを見遣った先生が「これ違うよ」と唐突に指摘して解き始める。簡潔な表現で端的に解き方と理由を説明してから疑問を崩していき、空白を一切残さない教え方。頭のよさは納得するより先に身に沁《し》みた。

微睡《まどろ》んだ瞳で口調だけ快活に、的確な答えを導く先生を観察する。……鼻から下が別人のような奇妙さだ。なんだろうこの、太刀打ち不可能と否応なく思い知らされる独特なオーラ。飄々《ひょうひょう》として不躾《ぶしつけ》で、冷徹な大人かと思えば、急に無垢《むく》な子どもみたいな顔をする。

「ちょっとシャーペン貸して」

言いながら、手に持っていたシャーペンを奪われた。

「先生、筆記用具ぐらい持ってくるべきです、先生なんだから」

「えー、貸してよ」

「貸してよ、じゃないです。生徒に甘える先生なんてだめだ」

「うぅん……そうか、わかりました。じゃあ明日買いに行きます」

素直に応じて小首を傾《かし》げ、屈託のない笑顔を浮かべる仕草にも、なぜか嫌味は感じない。

「塾長……みたいな、えらい人は、先生のこと怒らないんですか？」

「怒られないけど、マンツーマン授業しか担当させませんって念押されてるよ」

「……。先生がもしうちの高校の先生だったら、生徒にぼこぼこにされてるよ。うち、ばか学校で気性の荒い生徒ばっかりだから」

「うわこわい。いい子なのに不良の一味なの……？　痛くしないでください」

「俺は不良じゃないよっ」

焦る俺の喚《わめ》きにほろんと顔を綻ばせて、先生は太陽みたいに笑った。

ふいにその笑顔が俺の緊張をするりと緩め、春の午後にさざ波を立てる海に似た、柔らかい安堵で満たしていった。

そうだ、この人は海だ、と思った。茫洋《ぼうよう》とした海の波は手で掻きまわそうが石を投げ入れようが止められず、紅緋色《べにひいろ》の太陽が沈みゆくのを待って憧憬に暮れるしかない。そんな感覚。

結局、無駄だと予感しつつも先生という奔放な波に抗《あらが》っているうちに、時は過ぎていった。

授業終了のチャイムとともに、ウーンと両腕を上げて伸びをした先生は、

「あー……終わった。月曜日ってほんと長いなあ……」

とごちてから、俺の右頬を「びよーん」と引っ張り、からから笑って帰ってしまった。

勉強道具を鞄に片づけて身体に斜めにかけ、帰りしな受付で先生の名前を訊《たず》ねた。

——能登匡志《のとただし》。

へんな人だと思った。でも自転車をこいで先生の名前を心の中で復唱していると、授業が始まる前まで抱いていた不安や焦燥が、いつの間にか霧散していたのに気がついた。

公園のライトに浮かぶ夜桜が心をわくわく騒がせる。思わず感動をくちにして微笑んだ。

「すごく、綺麗だ……」


その日は母さんと喧嘩をした。春の桜をすべてさらうような激しい雨が降る中、友達とCDショップへ寄り道して帰ったら〝受験生だって自覚しなさい、風邪をひいたらどうするの！〟と怒鳴られて落ち込み、早々に予備校へ行ってロビーのテーブル席で宿題をしていた。

チャイムが鳴って教室へ移動しても先生が来ないのをいいことに、こそこそ宿題を続けていると、先生は五分遅刻してきて、のんびり俺の前を通り過ぎた。

「ん？　それうちのテキストじゃないね」

「あ、すみません。明日提出しないといけない宿題で……」

「そっか。わからなければ訊いてね」

「え」

なにげなく言い、パイプ椅子に腰掛ける。怒ったのかと勘ぐって表情の奥を探ったけど、ぼんやりした横顔から漂ってくるのは、眠そうな雰囲気だけだった。

「予備校の授業中に学校の宿題なんて、本当にしていいんですか……？」

「なにがいけないの？　必要なら漫画読んで息抜きしたっていいんだよ」

「漫画！　ここでですか⁉　予備校なのに！」

「勉強が捗《はかど》る状態は個人差あるんだから、場所柄より自分の判断を優先すべきだと思うけど」

呆気にとられてペンを握ったままかたまる俺に、先生はあくびして「どうひたの～」なんて涙目で微笑みかける。……やっぱり嫌味は感じない。先生は本心から自己責任で行動しろと言っている。夕方、俺が寄り道したことで〝成績下がるわよ！〟と怒鳴った母さんとは感覚が真逆すぎて混乱し、狼狽《うろた》えた。

「こ、れ……英語の宿題なんです」

「ふうん。——あら、ほとんど正解してるじゃない。英語得意なんだね」

ひまわりが微風にたゆたうみたいな、ほわんほわんした笑顔。ふわんふわんした空気。ぼうっと眺めているとお腹の中で疼《うず》いていた鬱積《うっせき》がこなごなに砕けていった。自分が受験生で、偏差値と競争の渦巻く戦場に必死で立っていることも忘れた。

……宿題を続けさせてもらいながら、俺は気づいた。先生は俺が問題を間違えても〝やれやれ〟みたいなうんざりした蔑《さげす》みを匂わせない。〝こんなのもわからないの？〟と冗談でも笑わない。〝もう少し頑張ってみようね〟とか、優しさで劣等感を煽《あお》ったりもしない。

「先生、ここがわからないです」

「うん、これはねー」

でも質問には必ずこたえてくれる。そして次に同じ問題に引っかかって自力で解くと、

「そうそう、よく出来ました」

と褒める。責めないのに、褒めることはする。そこに諂《へつら》いやおべっかも感じられなかった。生徒に期待しないから嫌悪もなく、媚《こ》びないから嘘もないのかな。

子ども扱いせず、自然と自立を促しつつも、決して見捨てない無関心さと距離感からくる独特な優しさは、とても心地よかった。

「んー……眠い。寝てしまいそう。寝たらひっぱ……たかないで」

ところが、悄然《しょうぜん》としていた心が笑い合って癒されてきた頃、突然ぱっと蛍光灯が消えて室内が闇に包まれ、凍りついた。他の教室からもどよめきや、女の子の引きつった悲鳴が起きる。

「せ、先生。でんき消えましたよっ」

窓ひとつない俺達の教室は見事なまでに真っ暗。顔に厚手の布が張りついたみたいに呼吸まで圧迫され、つい瞬きを繰り返して自分の目が開いているのを確認し、怯《おび》えて身を縮めた。

なのに闇の中にこぼれた先生の一声は、

「消えたねえ……」

だった。

こんな時でも冷静かっ、と驚きながら手探りで正面の先生を探すと、腕に触れた瞬間ふいに微かな光が灯った。小さくて長方形の光。携帯電話の液晶画面だ。洩《も》れる青白い光の中で携帯電話を持つ先生の指が浮かび上がる。先生はそれを俺のテキストの横に置いて問うた。

「これで勉強出来る?」

「出来ませんよっ!」

機転がきくんだか天然なんだか、わかんない。先生が笑うから、つられて笑ってしまった。

廊下では、奔走する講師達の忙しない足音。生徒の「ふざけんなよ!」という苛立った声。ギシギシ建物を軋《きし》ませる強風。廊下の窓ガラスを殴る大粒の雨。嵐。

俺は自分も携帯電話を出して、先生のそれの横に並べた。でもバックライトは数秒で消えてしまうし、状況的にも気分的にも勉強に集中出来ない。先生の顔も見えない。

「先生、どうするの。真っ暗で、俺ちょっと怖いよ……」

「歌でもうたう?」

「……懐中電灯とか探してきてほしいです」

「いやだよ。今外へ出たら転んでしまう」

本当にいやそうな声で言った。

「先生……他の先生達は焦って走りまわって、どうしようって躍起になってますよ」

「うん。彼らがそのうち助けに来てくれるよ」

「他力本願〜っ」

「こういう時はみんなで焦ってもしかたないもの」

その後、先生が『太陽がいっぱい』を歌いだして爆笑していたら、受付のおばちゃんが来て「ここは賑やかね」と驚いたあと「これで我慢してくれる？」って灰皿とろうそくをくれた。先生がろうそくを立てて灯火《ともしび》がほわと広がると、橙の微《だい》かな熱の中にやっと先生を見つけた。

「……綺麗だね」

囁《ささや》いて微笑む先生の姿が柑子色《こうじいろ》に染まる。その、輪郭を失って霞む顔にすうと魅入って、うんと頷《うなず》こうとしたら、隣の教室から「雨、超うぜえ！」という生徒のわめき声が、薄壁を突き抜けてきて耳をキンと劈《つんざ》き、心臓が飛び出した。

先生はまったく聞こえていなかった様子で、

「ろうそくっていうのも、たまにはいいかもねー……」

と、炎に視線を縫いつけたまま頬杖をつき、うっとりする。

先生の瞳の中でも黄赤色の炎が揺らいで、鼻梁の影が火の動きに呼応するように変容した。白衣とシャツと、頬を支える骨張った指と薄く滲む目尻も、淡い赤橙色が撫でる。

「先生、楽しいの……？」

そんな気がして問うてみた。目だけ俺に向けた先生は、夕日色の頬を緩めて微笑した。

「うん、ちょっと楽しい」

……闇の中でこんな返答が出来る人、初めて会った。

この人はどんな状況下でも、事実を寛容に受け入れてから解決策を探る人なんだ。ただ潔く粗雑に諦めるというよりは、許容範囲が並外れて広く、包容力豊かで柔和。

周囲の教室から響き続けてやまない嵐への怨言《えんげん》や、足音のざわめきの中でのんびり笑む先生を見ていると、八つ当たりは時間も労力も無駄にする行為なんだなあって感嘆した。

そして俺も先生みたいに、苦しい時だって歌をうたえる人になりたいって、そう思った。


二週間が過ぎると、先生の性格にも慣れて授業中に雑談を交わすようになっていた。

「ふたりきりだと、名前って本当に必要ないですね」

「ないねえ」

「あの、とか、ねえ、とかで事足りる」

「そうね」

先生は正面で本を読んでいる。足を投げ出して、たまにあくびして、眼鏡のズレをなおす。

俺が身を乗り出してイタズラっぽく本を覗き込むと、「ん？　本も好きなの？」と、ほのか
に目を丸めた。笑い返して「ううん、ごめんなさい」と肩をすぼめ、頭を振った。

気づけば、初日に圧迫感と不安に駆られたはずの狭い教室は、受験受験と意気込んで身体を無理矢理小箱に押し込むような現実とは明らかに異なる、唯一落ち着く場所に変化していた。

自分の部屋よりリラックス出来る。魚が水中でしか呼吸出来ないのと似てるかも。地上のリアルは息苦しくて、先生がこぼす木洩れ日色の空気に浸る間だけ、深く安堵を吸い込めた。

「でも名前を憶えないって、ちょっと寂しい」

「なんで？」

「名前はその人を表すものだからです。他人と区別してかたちづくる一番確かなものだもの」

「同姓同名の人だっているじゃない」

「そうだけど……」

ひとことでやり込められて、なんか悔しい。

「もし色に名前がない世界へ行って、白を〝しろ〟って言えなかったら、俺は他人に説明出来ないよ。〝綺麗で透明感があって、さら～っとしてて、はら～っとしてて〟とか、意味わからないこと言いそう。先生はなんて説明する？」

「雪の色って言うよ」

うぅっ、と唸《うな》る俺を先生が横目で見返し、吹き出しておかしそうに笑った。右手で耳横の髪をなにげなく梳《す》きつつ、首を傾げる。

「あめちゃんはそんなに名前が気になるの」

あめ？　と自分の服や髪を確認してみたけど、雨柄のものなどなにもない。今日は晴れていたし。濡れてもいないし。

「なんで〝雨〟なんですか？」

「〝雨〟じゃないよ。〝飴〟だよ。キャンディの」

「なんで？」

「千歳、でしょ……？」

息が詰まった。先生はなまじ男前だから、艶っぽい流し目で微笑まれると、びっくりする。

「な、なんで名前っ。憶えないって言ったのに！」

「最初に聞いた時、千歳飴のこと連想したら忘れられなかった。俺、甘いもの大好き。千歳飴って大人になるとあまり食べられないし、懐かしくなっちゃった。いいよね。あめちゃんといると食べたくなるよ。ピンク色のがいいな。いちご」

「は、恥ずかしいです、そんなあだ名」

「呼び捨てがいい？」

「ふたりなら名前はいらないって、話したばかりじゃないですか……」

「そうだね」

本を閉じた先生が俺の机に頬杖をつき、至近距離に顔を寄せて笑顔で目の奥を探ってくる。

「あめちゃんって、かわいいよね」

「えっ」

「顔、テレビに出てる人みたい。睫毛《まつげ》が瞬きするたびにさらんさらんって震えて見惚《みと》れる」

また喉の奥に息がむぐっと詰まって、頬が熱してゆくのが自分でわかる。

「へんなこと言わないでください！」

「褒めたんだよ？」

「勉強してください、講師らしくっ」

「そう。俺のことを叱ってくれるんだよね……あめちゃん。優しくていい子」

おおらかな先生の微笑みに、抵抗をあっさり弾かれて閉口した。先生は現実感なくふわふわして、生徒の俺と常に対等の位置で笑ってくれるけど、仕事に誇りを持っているふうでもない。

「……先生って、なにを目標にしてるの」

「目標？　ないよなにも。今ここに生きているのも疑問だよ。俺、今年三十歳になったんだけど、あめちゃんと同じ歳の頃、自分がこんなに生きると思ってなかったし」

「それは……なんとなくわかる。自分が三十歳って想像出来ない」

「だよね。でも三十歳になるとさ、あれ、あれ～って思うよ」

「あれえ？」

「時間が経過するだけなんだよ。中身が十七歳のまま歳くっちゃった」

「それもわかる。先生、たまに子どもみたいだもん。しかもだめな子ども」

「だよねえ」

ことなげに笑う。やっぱり怒りもせず。

「ねえ、あめちゃんはどうして俺に話しかけてくれるの？」

「え。どうしてって……いや、ですか？」

眉をひそめて視線を流した先生は、右手の指先で唇を撫でて「いや……？」と首を傾げた。

でも結局返答がないまま、その会話は空気に溶けた。


俺が〝あめちゃん〟になってから、先生との仲は急速に深まっていった。

授業中の会話が増えて、

「あめちゃん、あめちゃん」

って先生は俺を親しげに呼びながら、自分の日常のなにげない出来事を聞かせてくれる。

昼食で食べたおろし蕎麦《そば》がすごくおいしかったとか。

爪を切ったら深爪して痛いとか。

講師室の前の廊下では、なぜか頻繁に躓《つまず》くとか。

「先生、まぬけ」

「そうなんだよ、まぬけで困るよー……」

俺は先生が〝あめちゃん〟って呼んで満面の笑みを向けてくれるたび、先生の中で無色透明だった自分が燦然《さんぜん》と輝いて意味が生まれたような、劇的な変化を感じていた。

俺も笑うことが増えた。十三歳も年下の俺がまぬけなんて言ってもすんなり許してくれる、飄々として鷹揚《おうよう》な先生と過ごす時間は、とても温かかった。けど温かすぎて、先生の周囲に他人の影がないと気づくのが遅くなってしまった。

先生の話の中で、先生はいつもひとりだった。おいしい昼食に喜ぶ時も、深爪して痛みに嘆く時も、授業を終えて講師室へとぼとぼ戻る時も。

……あれは、授業の一時間前からロビーで勉強するのが日課になり始めた頃だった。問題に詰まって、たまたま傍にいた男性講師に声をかけて訊いた。教え方がまわり諄《くど》くて難しいなあと唸っていたら、ふいに話がそらされて、先生の話題になった。

「キミは頑張りやだけど、読解力が足りないかもね。普段はどの講師と勉強しているの？」

「能登先生です」

「ああ、能登先生かー……。能登先生は不思議な人だよねー。他の講師ともあまり会話しないし。よく言えば硬派ってのかなー」

オブラートに包んでいるが〝あいつは得体が知れないよ〟という本音が、半笑いのいやらしい表情と声音からあからさまに聞こえてくる。

「能登先生って、他の先生ともすすんでコミュニケーションしないんですか？」

「しないね。歓送迎会すら滅多に参加しないよ。そういうの嫌いみたいでねえ。……実は俺、あいつと小学校が同じなんだけど、当時から奇妙な奴だったよ」

「え、同級生ですか。ふたりとも地元がここら辺ってことですか？」

「そうそう。中学はあいつ、自分の父親が勤める私立へ進学したし、大学はT大だったから、ここで再会した時はびっくりしたね」

「T大！　そんなすごい大学出てお父さんが教師なんて！　なんで自分は教師にならなかったんだろう……」

「担任教師にいじめられてたような奴だから、学校の教師は嫌いなのかもよ」

いじめ、られてた……？

ちく、と胸が痛んで、もっと先生の生い立ちを知りたくなったけど、目の前にいる講師の、嫉妬と嘲《あざけ》りに満ちたにやけ顔を見ているのは心底苦痛だった。

しかたなく会話を切り上げて教室に移動すると、やがて授業開始のチャイムと同時に颯爽《さっそう》とやって来た先生は、「あめちゃんっ」と、俺の挨拶を遮って素早く椅子に座り、

「聞いて、今日はすごいもの手に入れたよ」

と身を乗り出してくる。

机の上で腕を組み、子どもが秘密事をもったいぶる無邪気さで、心底嬉しそうにうっふふふと肩を竦《すく》めるから、面食らった。

「すごいもの……って、なに？」

「なんだと思うー？」

んー……すごいもの、すごいもの……。

髪、はいつも通り寝ぐせだし、耳や首や指にアクセサリーなどないし、白衣の胸ポケットにある青いシャーペンは、俺が叱って持ち歩き始めただけの拘りの欠片《かけら》もないものだろうし、この組んだ腕の中に隠しているのなら……小さめなもの？

「……眼鏡？　欲しかったフレームのとか」

「ぶっぶー。ちがうよ。もっとぺらぺらしたものだよー」

「ぺらぺら？」

キョトンと首を傾げた俺の前に、先生は一枚の紙片を差し出した。

「ほら。偶然ぴったり千円になったコンビニのレシート！」

「えぇっ、レシート!?」

「すごいでしょ、感動したの。最後の商品をピッとやったら、レジの表示のところにゼロが綺麗にみっつ並んだんだよ！」

「すごいけど……。子どもだよ、先生」

受け取って眺め、笑ってしまった。

先生も俺の笑顔を探るように顔を寄せて、一緒になって笑った。

会った早々、千円のレシートをはしゃいで見せてくれるへんな人。ほんの数秒で俺の中の鬱積を蹴散らして、狭い室内の空気を太陽の色に染めてくれる、春風みたいな人。

あはは、と互いの唇からこぼれる笑い声が絡み合うと、昼下がりの花畑でふたりして寝転がっているような錯覚を抱いた。時間も痛みも闇もなく、ただ心臓が痺《しび》れるぐらいあったかい。

……先生がこんな安堵をくれる純粋な人だと知れ渡れば、すぐ人気者になれるだろうにって思った。過去のいじめなんて関係ない。絶対にひとりじゃなくなるのにって焦れた。

でも、

「先生。このレシート、他の先生や生徒にも見せてあげたら?」

「なんで?」

「先生が子どもみたいな人だって、みんなわかってくれるからだよ」

「わかってもらってどうするの? 俺はあめちゃんを感激させてあげたかったんだよ?」

「う、嬉しいけど、俺以外にも感激する人が増えたら、先生ももっと嬉しくなれるでしょ?」

「んー……べつに興味ないなあ」

先生は微苦笑して、レシートを大切そうにポケットにしまうだけだった。


季節が春から遠ざかるにつれ、日常生活の中で先生を思い出すことが増えていった。

学校の授業中や、クラスメイトとの無言の競争に怯《ひる》む瞬間や、母さんに叱られている時、急に不安に駆られて焦燥感に胸が縮む時。

〝先生ならなんて返答するかな〟〝どうするかな〟って想像して、あの屈託のない笑顔を頭に浮かべ、張りつめていた不安の糸をするするほどいて、自我を奮い立たせた。

先生も最近は「あめちゃんまたね」と、ぐりぐり頭を撫でてくれる。

その日も帰り際に撫でられて面はゆい気持ちになりつつ、フロアの隅に開放されている図書室……というか、本や消耗品が雑多に置かれた物置に寄ったあとロビーへ向かったら、テーブル席で女の子と居残り勉強をしている、先生を見つけた。

相変わらず眠そうな顔で、俺が笑いを嚙《か》み殺して自販機で野菜ジュースを買って飲んでいると、そのうち勉強が終わったのか、

「あれ、あめちゃん。まだいたの？」

って、花でも咲いたような、ぱあっとした表情で声をかけてきた。

「あ。ちょっと、図書室にいたんです」

「そうなんだ、あめちゃんも勉強してたの？」

ガタ、と椅子を立った先生は、そのままにこにこ俺のところへ近づいてくる。

隣にいた女の子は〝え、え？〟と戸惑い、ポカンとした顔。

「図書室ってことは、なにか調べたいことがあったとか？」

「え、いえ……ただ面白そうな本を探していたんです」

「えっちな？」

「えぇっ!? ち、違いますっ。そんなの予備校にないでしょ！」

「あそこ、悪い生徒から没収した雑誌なんかも積んであるから、探せばあるよ」

「なに教えてくれてるんですか、探しませんっ。本は自分から興味持たないと読まないから、月に一冊、必ず読むようにしてるんです」

「あめちゃんって自らそんな制約を課して、自分を律してるの!? うわあー……えろすぎる。じゃなくて、えらすぎる」

ばしっと腕をぶってやった。先生が「ごめんなさいっ」と吹き出してガードするうしろを、帰り支度をすませた女の子は、さっさと擦《す》り抜けて帰ってしまう。

「あめちゃんが急がないなら、明後日うちから見繕ってきてあげるよ。俺本好きだから、いいの貸してあげる」

「え。……あ、はい。嬉しいです、けど……それよか先生、あの女の子にさよならの挨拶、」

「夜遅いから、気をつけて帰りなね。あめちゃんかわいいし、変質者にやられちゃうよ」

「なにをっ」

ふっ、とまた吹き出して顔をそむけた先生を、俺は「もうー」と睨んだ。……顔があつい。

「……本のことは、ありがとうございます。じゃあ、お願いします」

「はい、お願いされます」

軽く頭を下げて、俺もジュースを飲みながら去ろうとしたら、今度は先生の視線が俺のくち元をじいっと刺してきた。親にお菓子をねだる子どもみたいな……。

「野菜ジュースって苦手だけど、あめちゃんが飲んでるとおいしそう……」

「……同じの買いなよ」

「あめちゃんの飲んでるのがおいしそう」

「味は変わらないってばっ」

どんな理由だっ。

しかたないからひとくちあげるつもりでジュースを差し出したら、

「おいしくない。けど、おいしいような気もする」

なんて、先生は顔をしかめて唇をむず痒《がゆ》そうに擦り合わせた。

おかしくて笑ってしまった。

「今日は一日あまり野菜を食べなかったから、ジュースで摂ろうって思ったんだよ」

「ふうん……あめちゃんはえらいね。身体の栄養までちゃんと考えて、本当にいい子だね」

ところがにっこりするだけで、返してくれない。

「……ひとくちだよ」

「全部欲しい」

こら。

「学生は貧乏なんですっ。はやく返してっ」

「あめちゃん、百円も持ってないの？」

「それはこっちのセリフですよっ」

「俺は金持ちだよ。物欲皆無だから金は貯まる一方で」

「じゃあその手にあるジュースを返してください……」

項垂《うなだ》れた俺の顔を覗き込んでくいっと唇の端を引き上げた先生は、なにを言うかと思えば、

「これからはおごってあげるよ。欲しい時にいつでも」

と、からりと笑った。

もう会話が成り立ちそうにないから、諦めて帰ることにした。

「ありがとうございます……。じゃあ、帰ります。先生もお疲れさまです」

先生が「ん、またね」と頷いたのを見届けて、ふぅとエレベーターへ向かうと、背中に、

「あめちゃ〜ん、ばいばーい！」

という大きな声がぶつかってきて、つんのめった。ぱっと振り向いたら元凶がにこにこ手を振っていて、周囲の生徒や講師もびっくりまなこで俺達に注目している。

「静かに！」

大慌てで人差し指をくちの前に立てて叱ったのに、先生は悪びれた様子もなく、あはははと

朗らかに笑う。俺は真っ赤になって、心臓の鼓動を振り切るように予備校を飛び出した。


予備校へ通い始めて二ヶ月半が過ぎ、季節は梅雨に入って雨の日が続いていた。

傘を片手に予備校の駐輪場に自転車を停めて鍵をかけていたら、夜の闇の中に煌々《こうこう》と輝く自販機の横で、先生が女講師となにやら会話している姿を見つけ、思わず、あ、と手を止めた。

「ごめんなさい。興味ないです」

「興味、ですか……？」

「ええ。貴方に興味がないです。名前も知らないです」

「あ、秋津《あきつ》ですっ。これから、興味を持ってください」

「興味は頼まれて持つものじゃないです」

「好きなんです！」

「ありがとうございます」

「……。せめてお友達から、とか……」

「人と付き合うの、面倒くさいんです。ごめんなさい」

愛の告白だ！　って驚いたけど、こっぴどくふる先生の横顔は、冷徹というより眠そうだった。丁寧に頭を下げて断ったあとも、ふわあ～とあくびした。その残酷で純粋な無関心さが、切ないほど先生らしい。

秋津先生は能登先生のあくび顔を睨んで下唇を嚙み、涙を堪《こら》えている。

我に返った俺は、はやく立ち去らなくちゃ、と身を翻して早足で数歩進んだところで、先生に見つかってしまった。

「あ！　あめちゃんでしょ!?　うしろ姿でわかるよー。ちょうどよかった、傘に入れて〜」

ぱしゃぱしゃ雨を踏んで近づいてきた先生が、俯《うつむ》く俺の視界に入り込んで脳天気に笑う。

ぶつけてやりたい文句は山ほど湧いたけど、自販機に向けていた背中に視線が突き刺さってびりびり痺れたので、ひとまず黙って傘に入れてあげた。先生の方が背が高いから腕が痛い。

先生は右手に持っていた紅茶の缶を、長い指で弄《もてあそ》んで言う。

「この紅茶、あめちゃんのために買ったんだよ」

「え。俺のため？」

「あの女の先生が、〝外の自販機じゃないと飲みたいジュースがないから、一緒に行こう〟って誘ってきてね。俺は喉渇《かわ》いてなかったし、そうだ、あめちゃんに買ってあげよーと思って」

……ジュースが先生を連れ出す口実だったんだ。

毎日顔を合わせる職場の人に告白なんて。振り絞った勇気と覚悟の大きさは、想像するに余りある。

「秋津先生……ひとりで放ってきていいんですか」

「放るって大げさだよ。こんな短距離ひとりで帰れるでしょ」

「そういう意味じゃなくて……」

今頃、泣いてるんじゃないかって思った。俺は先生以外の講師のことはよく知らないけど、優しげな目元が悲嘆に暮れて、引きつっていたから。

「さてはあめちゃん、覗き見してたな？」

「……すみません。声が聞こえて、つい」

「あはは。謝らなくたっていいよ。あめちゃんは今日もいい子だね」

入口に着くと先生は俺の手からさりげなく傘を取って、かわりに紅茶をよこし、傘を閉じて傘立てにしまってくれた。

非道な人かと思えば当然のように親切をくれたりする。先生の指が傘の雨粒で濡れている。いったい何人が、この人のこんな優しさを知っているだろう。

「……先生の魅力に気づく人って、きっとずっと先生を大事に見守っていた人だよ。興味、持ってあげてもいいいと思う」

出すぎた真似だとわかっても辛抱出来ず、ぼそぼそ小声で告げた。

先生は不思議そうな顔で俺を見返し、両手を白衣のポケットに入れて再び歩きだす。

「あめちゃんはあの先生が好きだったの？　しょんぼりしてる」

「え？　ううん。俺はしゃべったことないから、好きも嫌いもないけど……」

「俺も同じだよ。まともにしゃべったこともないのに見守られてるなんて、気持ち悪いなあ」

「気持ち悪いって言い方はよくないよ。頑張って告白するほど好いてくれたんじゃない」

「でもそれ、外見だけが好きってことでしょ？　結局、なにも見てないんだよ」

はっと足が止まりそうになった。自分は物事の表面を撫でるようにしか理解出来ない子どもだけど、先生はしっかり考え裏側まで把握している大人だと悟る、そういう瞬間。

「なにも、見てない……か」

エレベーターに乗りつつ無知さを恥じた。恋愛経験が皆無に等しい俺には難しかった。

扉が開き、廊下に響く生徒の笑い声をよけて、先生は軽い口調で会話を重ねる。

「若い頃ね、何度も失敗したんだよ。外見から好き勝手に人格を妄想して恋だと嘯《うそぶ》く人は、その妄想や理想から少しでも外れると癇癪《かんしゃく》起こしたり、無理くり理想にはめようとしたりしてくる。服装はこうしろとか、髪型はこれがいいとか、誕生日を祝うのは常識だとか、ケーキが好きなんてありえな〜い、とか。もうね、面倒くさい。俺むり」

……先生はさすがに経験豊富そうだ。

「単に相手が悪かっただけじゃないの？　先生の中身ごと好きな人なら違うかも」

「かな。俺は、俺自身が相手を好きにならないのが悪いと思ったんだよ」

「好きにならない？」

「自分が一番かわいいから。我《わ》が儘《まま》に振りまわされてると、すぐ自分が可哀想になっちゃう」

「う、ン──……」

「だから自分を抛《なげう》ってでも守りたいと想える相手なら、その人の我が儘ごと許せたり、誕生日だって祝いたくなったりするんだろうなあって。……出会えないまま三十歳になっちゃって、いまだに自分に恋してるけど」

自分に恋……と心の中で呟《つぶや》いた。

教室に入って、お互い椅子に座る。俺が紅茶の缶を置いて鞄からテキストとペンケースを出すと、先生はテキストを取ってぱらぱらめくった。つまらなそうな、寝ぼけまなこで。

「……先生って、正直者だね。自分が可愛いなんて、普通は心の奥に隠す本音だと思う」

「そう?」

「それに、自分に自信がある人ってきっと少ないよ。自分を好きってなかなか言えないもの」

「自信はないよ。自分を甘やかしたいのと、自信があるのは違うでしょ?　人間の底辺にいることは自覚してる」

「てーへん!」

「だからばかにされても、だよな〜って思う。──頭はいいけどね」

そう言って先生は俺の前にテキストを置き、「ここ違うよ」と指さした。やんわり目を細めてイタズラっぽく微苦笑する。

どきと緊張して間違えた答えを消しゴムで消しながら、俺は思った。

……先生は格好いいし経験も豊富そうだけど、心通う相手がいなかったなら、長い間孤独だったんじゃないかな。

ひとり寂しく佇《たたず》む先生を想像すると、ボタンをはめ違えた時みたいに、心が急に得体の知れない苛立ちと恨めしさでかさついた。

「先生は生きているのが疑問って言ったけど、恋愛をして変化したらいいね」

「んー……？」

べつに、みたいな苦笑だ。

「ひとりぼっちは寂しいよ。これからもずっとひとりでいいの？」

すると次は、目をぱっと見開いて停止する。

「考えたことなかった。……そっか。そういえば、あめちゃんも受験がすんだら、ここを辞めちゃうよね」

「俺？　うん、辞めるけど……。――先生？」

視線だけ音もなく俯かせた先生が、唇をぽけっと薄く開いたまましばし考え込んで、

「わかった。今わかった」

「ん？」

「自分がどれだけあめちゃんに会えるのを楽しみにしてるのか、わかった」

「えぇっ」

真剣な面差しで断言するものだから、衝撃に耐えきれなかった顔がぼわっと赤く染まった。

「ど、どうしたの先生っ？」

会いたいとか、楽しみとか、そんな言葉をもらったのは初めてだった。

大人の男の人に純粋な好意を向けられたのが、生まれて初めてだった。

俺の動揺など無視で、先生は机の上に腕を組み、至近距離に近づいて眉間にシワを寄せると眼光鋭く力説する。

「俺、今はひとりぼっちじゃないよ。あめちゃんに会えなくなったら、ひとりぼっちだ」

「せ、んせ……なに、言って。他に友達、いないの？」

「いないよ。知り合いはいるけど、友達じゃない。……てか、あめちゃんも友達じゃないね」

「俺は生徒だよ」

「生徒か……」

今更、ということをしんみり受け止めた先生は、カクンと頭を垂れた。途方に暮れた子どものように、一気に沈んでしょんぼり萎み、目に見えないどこか遠くの一点を凝視して呟く。

「なんか革命だ。革命が起きたよ」

「革命……？」

――革命。先生は瞳にだけ鋭さを滲ませて、俺を見返した。横に置いていた紅茶の缶から雫《しずく》が滴った。……紅茶ありがとうって、お礼を伝え損ねてしまった。

受付のおばちゃんが「講師がひとり急に体調を崩して早引けしたから、一緒に授業してあげて」と、俺と同い年の女の子を連れてきたのは、久々に晴れた週末のことだった。

ショートカットが似合う、爽やかでさっぱりした印象のかわいい子で、最初は緊張して自己紹介した途端名前を忘れてしまったけど、「の、能登先生の授業は、自習みたいなものだから」と教えたら、「噂、聞いてる」と愛嬌のある笑顔を返してくれて、次第に打ち解けていった。

俺が先生にテキストの採点をしてもらうと、人懐っこい素振りで横から覗き込み、

「椎本君、英語が得意なんだね。私、一番苦手」

なんて肩を竦める。女の子特有の、花みたいな甘い匂いにどきりとした。

「え、とね、俺も苦手だけど、興味があるっていうか……自分が知らない言語って、魔法の呪文みたいですごいなって思うんだ」

「あ、ちょっとわかる。自分にはちんぷんかんぷんなのに、その言葉でコミュニケーションしてる人達がちゃんといるんだから、不思議だよね」

「そうそう、その感じ！」

「魔法の呪文かー……うまいこと言うなー。魔法を習得するためって思うと、勉強も楽しくなるかも。子どもの頃、空を飛ぶのが夢だったもん」

「あはは。英語じゃ空は飛べないけどね」

「外国へ飛んで行けるよ！」

「おおっ。うまいこと言うな〜」

彼女は相手の許容範囲を瞬時に見極めて入り込み、すんなり親しくなる術《すべ》を心得ていた。人見知りしないが馴れ馴れしくもない。朗らかな笑顔でこちらの緊張を宥《なだ》めてくれるから、知らぬ間に自分も彼女のテリトリーで寛《くつろ》いでいて驚く。

会話が弾むと、俺もつい饒舌《じょうぜつ》になった。

「……俺ね、実は翻訳家になるのが夢なんだ」

「え、翻訳家？ すごい！」

「俺の父さん、好きな洋楽があってね。歌詞の中に〝please be true〟ってあるんだけど、そのままだと〝真実にしてください〟って意味なのに、父さんは母さんに〝お願いだから今を嘘にしないで〟って訳した歌詞つきのラブレターとCDを贈ったんだよ」

「わあ、お父さんロマンチック！」

「解釈のしかたは自由で、個人の感性ひとつで言葉はどんなふうにでも輝くんだって驚いた。〝お願いだから、ふたりの今を嘘にしないでください〟……すごく素敵だよね」

子どもながらに衝撃的なノロケ話だったなあ……と、うっとり回想していたら、ふいに先生が「ゴホン」と咳《せき》払いし、目の前で机に頬杖ついてむっすり唇を尖《とが》らせた。

「たのしそーですね」

「あっ。す、すみません……私語がすぎました」

「あと二十分しかないのに、そっぽ向いてでれでれでれでれ。随分と余裕ですね」

初めて怒られて慄然《りつぜん》とした。確かにはしゃぎすぎていた……と、反省する。

「……すみません、もうしません」

「俺と勉強するより楽しいですか」

「いえ、そういうわけじゃ」

「余裕があるなら、俺とおしゃべりしてよ」

「余裕なんてな、」

……。ん？

「一緒にいられる時間が減ってもったいないじゃない！　あめちゃんは俺といる時間が大事じゃないの⁉」

「なにを怒ってるんですか、なにをっ！」

意味わかんない！　〝勉強しなさい〟って叱られた方がまだ納得出来たよ、講師として！

真っ赤になって困る俺をよそに、先生は俺の消しゴムを指で弾きつつ素直に拗《す》ねる。

「翻訳家が夢なんてさ、俺は聞いてないしさ」

「たまたま話す機会がなかっただけじゃないですか……」

「俺だって面白い話出来るのになー。あめちゃんの知り合いの中で、いっちばん面白い話出来るのになー」

「……どんな？」

「残り二十分、全部俺にくれるなら教えてあげるよ」

「俺は受験生なんです、先生……」

「だから頼んでるんでしょ」

い、ば、る、な。

「もういやだ先生、他の人もいるのにへんなことばっかり……って、ふたりきりの時に言われても困るけどさ、なんか……もう……」

顔が熱くて、自分が猛烈に照れているのがわかった。横から女の子の視線も感じる。

どうにも出来ずに焦って、左手で前髪をしきりに引っ張って無理矢理に顔を隠そうとした。

「そんなかわいくごねたって怯まないよ」

かわいいって蔑みの言葉だと思ってた。幼稚園の頃、女の子に〝かわいー〟ってからかわれていた俺の嫌いな言葉だった。なのに先生は真剣に言った。

真夏の日差しみたいに厳しい瞳で、欺瞞《ぎまん》でも偽りでもない真実だと訴えるように。

まっさらで純白な好意なんだと叫ぶように。

「俺のことも見て、あめちゃん。あめちゃんの大事な時間のほんの少し、俺にもちょうだい」

囁きが熱を上げるほど心臓がドコドコ鼓動して狼狽え、先生の言葉の受け止め方に悩めば悩むほど混乱した。

うぅと唸って紅潮した顔を俯いて隠していたら、横から、

「いやいや、雑談じゃなくて、勉強しなくっちゃだめだよ」

と女の子がしれっと突っ込んできて、空気がかたまった。

真顔で右手を振る女の子。ポカンと停止する先生。

「……。だよね？」

俺はぷっと吹き出してしまった。先生の唖然とした顔が面白いような、逃げ道が開けてほっとしたような。

「勉強しなくちゃ、勉強！」

時計の針は、授業終了まで残り十分の位置を示していた。

胸を騒がせた甘い余韻が胸の奥をくすぐるのに耐えてテキストを睨んでいると、やがてチャイムが鳴って、女の子は「私テレビ観るから急がなくちゃ！」とせかせか帰ってしまった。

椅子に座ったままじっとしていた先生が、ぽつんと俺を呼ぶ。

「……あめちゃん」

俺はシャーペンをペンケースにしまって「ん？」とこたえた。

「さっきのこと、怒ってるの」

「え、ううん。怒ってないです」

「ごめんね」

「本当に怒ってないってばー」

苦笑しつつテキストを閉じても、真正面にいる先生は苦しげに眉を歪《ゆが》め、不安そうに俺をうかがっていた。唇が若干尖って、拗ねているようにも見える。

「ごめんとは思うけど、俺はまだちょっと苛々してるよ」

「先生、謝る気ないじゃない……」

「あめちゃんが〝謝れ〟って思ってるってことは、やっぱり俺が悪いのかな」

「べつに謝ってほしいわけじゃないけど……先生、どうしたの？」

なんか様子がへんだな、と首を傾げた。

先生は視線を俺の手元に下げて沈黙する。無気力に沈んだ肩の表面から、鬱々とした暗い空気が漂っていた。

「先生……？」

「俺ね、嫉妬したよ」

「え？」

「生まれて初めて嫉妬した。あめちゃんを、女の子にとられたくなかった」

うまれてはじめて。嫉妬。おんなのこに。とられたくなかった。

ええと……。嫉妬ってことは、独占したいってことで、とられたくないってことは、つまり欲しいって、こと……？

先生の視線が上向いて俺の目と心をざくりと貫き、一気に焦りが這い上がってきて身体の芯まで浸透すると、こんな瞬間になってなぜか妙に鮮明に、先生の泣きぼくろが見えた。

「お、俺はものじゃないし、誰のものでもないし、先生のその思考も、よくないと思うよっ」

好きだ、って先生の瞳が怒鳴っていた。

「やっぱりよくないのかな。男同士だと、だめかな」

「だめだよっ」

「あめちゃんは、だめだと思う人なのか」

「だめだと思うよっ」

頭が真っ白になって、顔が真っ赤に爆発して、否定を叫ぶだけで精一杯だった。先生が痛そうな顔で俯いた瞬間、やっと正気を取り戻す。

涙を耐えるような、シワを刻んだ目元。

「先生……」

「……今、ふられた」

「ふら、って」

「ふられたけど、ちゃんと言うよ。俺、千歳を好きになったよ」

いきなり、名前……っ。

「なんで、好きとか、そんな、」

「あめちゃんは俺を叱ってくれる。価値観は合わないはずなのに、どこか根っこのところでぴったり合うのを感じる。だから一緒にいて心地いい。おしゃべりも楽しいし、仕草もかわいい。離れたくない。抱き締めてキスしたい。身体中に」

「ど、どさくさに紛れてえろいことゆーなっ」

「好きだから、えろいことしたいよ」

……わかってる。いや、えろいことじゃなくて……先生の言葉の意味が俺にもわかった。

俺達は相対する性格をしていてしばしば衝突するし、価値観にズレがあるのは明白だけど、一緒にいると心地いい。視覚や言葉では捉えられない部分に、似ている箇所があるのだろうと本能が理解する。

個性に色とリズムがあるとしたら、俺と先生のはきっと、同じ色で同じ瞬間に鳴るんだ。

「……あめちゃん。俺のこと、好きになってくれませんか」

「よ、よしてよ」

でもだからって、簡単には受け入れられなかった。

相性がよくて一緒にいるのが心地いいなんて、友達同士でもあることじゃんか。いつかかわいくて物静かな女の子と優しい恋をしたいなと、普通に望んでいた俺にとって、男と恋人同士になるなんて非常識な道は、ありがとうの言葉ひとつで踏み出せるものじゃなかった。

「あめちゃんは、俺のこといや？」

「いやじゃ、ないけど……こういう会話自体、へんだと思う」

「へんなこともどうでもいいぐらい、好きになってください」

なのに先生は、冷静さの中に確固たる熱情を含んだ声音で、真っ直ぐ告白を重ねた。

「むちゃですよっ」

「むちゃ？　……一生むちゃ？」

「一生かどうかは、わからないけど……。先生だって、恋愛なんか面倒って言ってたのに」

「面倒なこともどうでもいいぐらい、俺はあめちゃんを好きになったよ」

先生の〝自分を抛《なげう》ってでも守りたいと想える相手なら、その人の我が儘ごと許せたり、誕生日だって祝いたくなったりするんだろうなあ〟という声が脳裏を過《よぎ》った。

顔がカッカ熱して、胸がキリキリ痛んで、無意識にぱちぱち瞬きを繰り返しながら慌てる俺を、先生は真面目な目で凝視して、想いを武器に突いてくる。

「講師と生徒じゃなくなったら、二度と会えないよ。俺は寂しい。あめちゃんはどう思う？」

「せ、先生は、別れるのが寂しいから、恋だと思ったの……？」

「そうだよ。あめちゃんといたい。おしゃべりしない時も一緒にいたい。好きだよ、すごく」

先生が近づいてきて追い詰められると、逃げ場がなくなって動揺した。

目をそらしても先生の視線が額や瞼や頬をジリジリ焦がして痛い。掌にじんわり汗が滲む。噛み合わない歯の隙間から、「あ、ぅ」と狼狽《ろうばい》が洩れる。

好きって言われた。人生で初めて。

十歳以上年上の同性に告白された。先生に、特別だって言われた。

心が衝撃と戸惑いと嬉しさと困惑で、ひりひり痺れた。激しい鼓動が鼓膜までガンガン叩いているようだった。それが先生の想いの強さなんだと悟った。

「あめちゃん、好きだよ。一生傍にいたい」

「……な、ら、携帯番号とメアド、交換すればいいよ。とりあえず今はそれで、落ち着いて」

「うん、わかった。嬉しいよ。毎日メールするね」

「女子高生じゃ、ないんだから……」

掌を握って目を擦《こす》ってから、鞄を手繰り寄せて携帯電話を取り出した。

赤外線で先生とアドレス交換をしている間、手が震えないように懸命に平静を装った。べつに命を狙われているわけじゃないのに酷く怯えて、先生の視線から逃げ続けた。

お互い登録を終え、携帯電話をしまう段になってやっと先生をちらと盗み見たら、幸せそうな微笑を浮かべて俺を見つめている。あ、俺は殺されるんだ、って直感した。そうだ。命じゃない。これから会うたび、心を刺激して殺され続けるんだ、って。

蒸し暑さをはらんで若干重たくなり始めた初夏の微風が、ヒウゥと聞こえる。

……この時の俺は先生の想いに向き合えず、ただただ非常識という感覚に従って拒絶するだけの、酷薄な子どもだった。


それから先生は、毎日朝と夜の挨拶メールをくれた。

『おはよう、あめちゃん。あめちゃんは朝はパン派？　ご飯派？　同じの食べるから教えて』

『おやすみ、あめちゃん。週末は会えなくて憂鬱だよ。日曜なんかなくなればいいのになあ』

『おはよう、あめちゃん。好きだよ』

『おやすみ、あめちゃん。今日も好きだった。明日も大好きだよ』

俺も一応『おはようございます、先生。俺は朝はご飯です』とか『おやすみなさい、先生。日曜日はなくならないでほしいです』とか返事をしていたけど、最初の頃は予備校で会って目が合うといちいち赤面するぐらい、メールでの会話を意識してぎくしゃくしていた。

でも先生は俺に不躾に触れようとしたり、好意を返せと欲して責めたりせず、以前と変わらない笑顔で見守り、俺を傷つけない位置からそっと、好きだよ、大好きだよ、と想いを届けてくれるだけだった。

本当は、すごく我慢していたのかな。わからないけど、その頃の俺が先生の優しさに甘えてしまったのは紛れもない事実だった。

俺は次第に先生の告白にも慣れて、また親しく会話を交わすようになっていった。

……俺、とっても狡猾《こうかつ》な人間なのかもしれない。

受験生ってせっつかれるのがいやだったくせに、それを盾にして、先生の恋から目をそらしてた。圧倒される一方で、考える時間が欲しいんだって言い訳して、勉強に集中してるふりをして、先生のメールを楽しみにしてた。

『あめちゃんはどんなパジャマ着るの？』

『俺はパジャマは着ません。Tシャツと短パンですよー』

『どきどきしてきた』

『なんで……』

『眠れないよ、どうしよう。あーあめちゃんの脚にキスしたい。あんよ写メールをください』

『あげません！』

『俺のもあげるからっ』

『いりませんしっ』

『へこんだ。へこみ寝だ。今夜はへこみ寝です。……おやすみね、あめちゃん。愛してるよ』

嫌いだなんて思えなかった。だって先生と話していると、どうしても心が砕けて笑顔になれたから。

今自分の周囲にいる人の中で、先生だけがこんな笑顔をくれる唯一の人だったから。

七月に入ってだいぶ暑くなった頃、模試の結果が悪くてぐったり落ち込んだ日があった。母さんは「予備校に通わせてもまったく意味がないじゃない！　担当の講師はちゃんと教えてくれてるの!?」とケンケン怒って、俺もカッときて「俺の勉強のしかたが悪いんだよ！」と怒鳴り返し、家の空気まで悪くなって散々だった。

前向きに頑張る気力も失せ、真っ暗い部屋で布団にくるまって悶々《もんもん》としていると、このままで本当に大学へ行けるのかな？　俺だけ落ちて取り残されたらどうしよう？　明るい未来へ進んでいくみんなの背中を、一ヶ所にとどまって地団駄《じだんだ》踏んで眺めるだけで追いつけなくて、俺ひとり子どものままで、ばかだと思い知るばかりで、無能でなんにもなくて……って、地の底へズズッと埋まってゆくようだった。

陰鬱な思考に精神を呑み込まれて、自分を追い詰めるのがどんどん上手になっていき、もう泣きそうだ、って目をきつく瞑った瞬間、先生からメールがきた。

『今、予備校の帰りだよー。月がすっごく綺麗で、あめちゃんに見せてあげたくなったよ』

メールには、藍色の絵の具を水で薄めて紙に塗ったような夜空の中央に、ぽつんと浮かぶ小さな小さな三日月の画像が添付されていた。ちっぽけなのに、そこに静かに佇んで確かな光を放っている月は、俺の萎んでいた感情を温かくくるんだ。

『先生、ありがとう。すごく嬉しいよ。月、綺麗だよ』

今の今まで焦燥感で凍っていた心を、先生の想いがほわと溶かしてくれる。

痛む目を擦って月の画像を眺めていると、また返事が届いた。

『あめちゃんが喜んでくれると俺も嬉しいよ。自分もあめちゃんを満たしてあげられるんだと思うとほっとする。誰かを幸せにしたいって切望したのなんて初めてで、うまく出来てるかわからないからさ』

一瞬で胸の中心に駆け上った弱音が、抑える間もなく指を動かし言葉になる。

『先生は俺がばかでなんの取り柄もなくて価値がないってわかっても、好きなんて想うの？』

『ん——……？　どうしたの？　あめちゃん、なにかあったの？』

『模試の点数、すげえ悪かった！』

……文字にした途端、我に返ってすぐ後悔した。へんなメールしたことを謝らなくちゃ、と再び返信画面を開いたら、ピリリと電話の着信音が響いて、画面に先生の名前が点滅する。

びっくりして「は、はい」と応答すると、

『落ち込んでたの……？』

挨拶もそっちのけで、心配そうに問うてくれる声。

俺は布団の中で踞《うずくま》って「ご、ごめんなさい……」と謝罪し、それから模試の結果や、母さんと喧嘩したことを打ち明けた。なのに先生は、

『そっか……俺は大学受験に躍起にならなかったから、励ますためのいい言葉が浮かばない』

なんてしょんぼりした声で言うんだもの、思わず笑ってしまった。

「一秒と置かず電話してきたくせに、先生らしいよねっ」

『ごめんね……』

　思いやりに満ちた不器用な優しさで、先生が俺に寄り添おうとしてくれているのがわかる。勉強でしか己の価値を定められない、窮屈な世界にいる俺を、この人は絶対笑ったりしない。

……ブロロロ、と先生のいる場所から自動車の音が聞こえた。歩いている気配はないから、どこかに腰掛けて話しているのかもしれない。

　家への帰り道、俺に電話するために立ち止まってくれたのだろうか。心配して、わざわざ。

「先生は頭がいいから、大学にも簡単に受かった……?」

『いや、ちゃんと落ちたよ。一浪してる』

「そうなの? 辛くなかった? クラスメイトに置いていかれる焦燥感とか、劣等感とか……同じように一浪した人が身近にいたら、嬉しかったりとか……汚い気持ちにならなかった?」

『ン——……あめちゃんは、どうしてそんなに他人が気になるの?』

「なるよ。他人がいるから、自分の無能さが見えてしまうんだもの。順位も」

　自分のくぐもった声が拗ねた子どものように響いた。先生の唇から微かな吐息がこぼれる。

『俺の知り合いで、T大を出てニートの奴と、高校を留年したのに一流企業に就職して、下っ端の雑用係から出世を重ねて結婚して、家を建てた奴がいるよ』

「え」

『無能さなんて計るにははやすぎる。今のあめちゃんは可能性に満ち溢れてるじゃない。何度失敗したってやりなおしがきくし、幾度だって方向転換出来るんだよ。今から十年経ったら、やっと自分が無能かどうかわかる』

「それは、そうかもしれないけど……」

『人差し指立てて見てごらん。あめちゃんはまだ、その爪の先の白いとこを越えたぐらいしか生きてないよ。大学進学なんて、今後も増え続ける膨大な選択肢のひとつでしかないんだよ』

「けど、いい大学を出たら選べる就職先だって増えるよ。周囲の目だって違うんだよ」

先生は小さく咳をこぼして間をつくってから、『……あめちゃん』と低く俺を呼んだ。

『あめちゃんは、ちゃんと目的があるでしょう？』

「目的……？」

『翻訳家になりたいんじゃなかったっけ？　立派な夢があるんだもの、そんな親の叱責みたいな決まりきった言葉に怯えなくていい。今は夢だけ追いかけなさい。あめちゃんのペースで、後悔しない結果を出せばいいんだよ。それを笑う人間がいるなら俺が守る。大学も、現役合格しないと辛いっていうなら、絶対に合格させてあげるから』

ズシン、と先生の言葉が胸を射抜き、目にじんわり涙が滲んだ。

宥めるのを通り越して、怒りすら交じった断言。

絶対合格、なんて信じられるはずもないのに、この人は本気なんだって理解出来たから絶句した。本気で俺を救おうとしてくれているんだって確信した。それだけ真摯な声だった。

『……あめちゃん。悩み事を聞かせてくれてありがとう。あめちゃんはいつも俺に話しかけてばかな会話にも付き合ってくれるし、自分のことを包み隠さず打ち明けてくれるね』

「へ……」

そうだった。先生には友達や親にも内緒にしている弱音を全部吐露《とろ》していた。将来への不安なんて誰にも言わず、言えずにくしゃくしゃ握り潰して胸の底に隠しておいたのに。

『大好きだよ、あめちゃん。あめちゃんだけが俺と悩んだり、笑ったりしようとしてくれる』

「お、大げさだよ、先生」

『ううん。ちっとも大げさじゃない。困ったら俺のところへおいで。一生養うから』

「やし、なうって……」

『あめちゃんは、俺が三十歳になってやっと見つけた、たったひとつの夢だよ。劣等感なんて抱かなくていいよ。あめちゃんはすごくいい子だよ。こんなにかわいくていい子、出会ったことなかった。生まれてくれてよかった。俺の唯一の神様だよ。天使だよ』

「てんしっ」

『愛してる。なんにも不安にならなくていい。自信を持ちなさい。……愛してる』

先生は真剣だった。心を根元まで絞って深愛を告白する。幾度も。

弱ってでこぼこになっていた脆《もろ》い感情はあっさり毀《こわ》れて、涙がほろほろこぼれた。

〝俺は男だよ〟〝男に「愛してる」なんてへんだよ〟と、そんな常識的な抗議をしたくても、先生にとっては無意味なものだとわかったからくちを噤《つぐ》んだ。

蓋の閉じたゴミ箱にジュースの空カップを捨てるようなものだ。先生の強固な恋情が、跳ね飛ばしてしまうってわかってる。それに先生に対して失礼だ。

だって先生は俺が男だから好いてくれるんじゃない。性別なんかとっくに飛び越えて、俺自身を、俺と一緒にいる、あのうららかな陽だまりのような静謐《せいひつ》を愛してくれていたからだ。

『夏期講習、楽しみだな。あめちゃんと毎日会えるもの』

「……俺は勉強ばかりで、遊べなくていやだよ」

『えー……』

「えーって。受験生はきっと、みんな同じ気持ちですよーだ」

涙を拭っておどけたら、先生もちょっと笑って『じゃあ、遊んであげる』と言った。

『毎年七月下旬に河原で花火大会があるんだけど、予備校の建物から見えるんだよ』

「え。そうなの？」

『一緒に見よう。その日は講習が終わったあとも夜までいなよ。俺は直前までべつの生徒と授業しているけど、事前にお菓子とジュースを用意しておくし。一時間花火デートしよう』

「あはは。予備校でデートって、色気ないね」

『あめちゃんと過ごすために、河原側の一番いい教室も貸し切りにしておくよ』

「屋上が一番いい眺めなんじゃないの？」

『屋上は他の講師と生徒が集まって邪魔だもん。ちゅう出来ない』

「し、しないしっ」

　それからしばらく他愛ない話をした。俺が落ち着くのを待って、先生がさりげなく会話を繋いでくれているのがわかる。

　指を湿らせた涙も乾いて笑えるようになった頃、俺は先生に、励ましてくれてありがとう、と伝えた。先生は夏の暑気の交じった微風より柔らかく、好きだよ、とだけ囁いた。


　夏期講習は高校が夏休みに入った翌日から始まった。朝から昼食を挟んで午後二時まで。

　初日に小テストをつくってきてくれた先生は、俺の苦手な教科を把握して「国語は古文、英語はリスニングに絞って、数学と地歴公民を重点的にこなそうか」と積極的にスケジュールを組み、教えてくれた。

　急に講師らしく変化した様子に、あれれと首を捻《ひね》りながらも感謝して勉強を続けていたら、先生は俺が問題を解く右横でぼんやり頬杖をついて、唐突にこんなことを言いだす。

「……あめちゃんに出会って、俺は生徒のことを愛していなかったんだなあって実感したよ」

「ん？　あい……？」

「俺、勉強は他人に邪魔されるの嫌いなんだよ。家も図書館もいや。声をかけられたり横を歩かれたりするだけで気が散るから、他人の気配が一切ない森林公園の隅で問題集を解いてた。どうしても夜までいたい時は、ランタンと軽食と虫除けスプレーまで用意して」

「ははは。まさに山ごもりだね」

「だから生徒に対しても極力邪魔をしないよう努めてきたけど、この間あめちゃんが泣いて辛かった。講師としてあめちゃんに示した態度は間違っていたんじゃないか、もっとなにか出来るんじゃないかって、反省したよ」

うぐ、と呼吸を呑んで赤面した俺を、先生の目が凄むように見据える。

「あめちゃんの夢を叶えたい。あめちゃんが人生を振り返った時、生きる手助けをした人間のひとりとして思い出してもらうために、努力するね」

「先、生……」

「って、こういう気持ち、講師なら生徒全員に持つべきなんだよね？　恋ってすごいね。人を変えるね――……」

最後は他人事みたいに感心してのんびり笑う。記憶したばかりの偉人の名前が、脳ミソからぼろっとこぼれ落ちた。

羞恥に襲われて呆然とする俺ににっこり笑いかけた先生は、俺の顔を覗き込んで擦り寄り、期待いっぱいの無邪気さで続ける。

「ねえねえ、俺が他の生徒にも熱心に勉強を教えたら、あめちゃん嫉妬してくれる？」

「う……うーん。それ、もし俺が頷いたら、先生は俺だけ特別扱いしない？」

「する！」

「先生、全然変わってないよ……」

唇を尖らせてシャーペンを握り締め、呆れた素振りの中に焦りを隠した。平常心、と胸の内で唱えてテキストの問題に視線を落とす。

「予備校に通う生徒はみんな、合格するっていう確信が欲しいはずだから、恋愛はともかく、先生が親身になって協力してくれるのは嬉しいと思うよ」

「親身かあ」

「先生だって〝能登先生のおかげで合格したよ！〟って喜んでもらえたら、嬉しいでしょう？それがやりがいにも繋がるはずだよ」

「やりがいかあ」

「先生……どうして講師になったの？」

するとすると先生はふっと瞳を滲ませて微苦笑し、右手で前髪を梳いた。

「……あめちゃんに出会って〝先生のおかげで合格したよ〟って、キスしてもらうため」

艶っぽく、笑、む、な……！

「せ、先生は、みんなの先生なんですよっ」

「仕事を除いた部分は、全部あめちゃんに捧げてるよ。あめちゃんのために生きてる」

「先生、俺もう勉強に集中するから、しー！」

「好きだよ、あめちゃん。……叱ってくれて嬉しい」

熱を帯びた囁きが、右横から流れてきて俺の腕に重たく絡みついた。肌の表面で痺れて全身にじりじり広がり、心まで侵していく。

たじろいで指先が力んだのと同時に、シャーペンの芯がボキッと折れて弾け……ぷ、と小さく吹いた先生が、はああと憮然《こうぜん》とした息を洩らした。

「かわいいなー……。俺あめちゃんがおにぎりだったら、握り潰して一生食べられなかったと思う。人間でよかった」

「人をお米にするなっ。と、とにかく、先生は生徒の名前を憶えることから始めなさい！」

「はい、善処します、椎本千歳センセー」

……あとから人づてに聞いた話では、その頃すでに先生は担当の生徒の名前を憶えていたらしい。みんなに素っ気ない態度をとり続けていた先生が、呼び捨てせず丁寧に〝さん〟〝くん〟ってつけて呼ぶ意外さが奏功して、生徒も徐々に打ち解けていたとか。

なんで教えてくれなかったんだろう。先生の話し相手が増えたと知ったら、俺はきっと喜んだのに。嫉妬は……した、かどうか、わからないけどさ。


花火大会の日、先生は本当に教室をひとつ確保しておいてくれた。

俺達が使っている個室より若干広い五、六人用の教室で、窓辺にふたり掛けの長椅子を寄せて背後に机を配置し、先生が買っておいてくれたお菓子とジュースを並べ、灯りを消した。

窓ガラスの前に立って開くと、ふわっと夏風が舞い込んできて、雨上がりのような湿気った緑の香りが髪の隙間を掠《かす》めていった。肌にじめりとまとわりつく気怠《けだる》さも、夏を実感させる。

「嬉しい——……。今年はひとつも夏らしいこと出来ないって思ってたから」

俺は目を閉じて風を受け入れ、喜んだ。先生も満ち足りた笑い声を微風の中に溶かす。

「あめちゃん、俺の膝の上においで」

振り向くと、満面の笑みで両腕を広げる先生がいた。

「座りません。重たいし」

「重みを感じたいんだよ」

「へんたいー」

「恥ずかしがらなくていいよ。鍵も全部閉めてきたから誰も来ない」

「しないからっ」

「残念だー」

先生の左横に腰掛けて、ふたりで笑いながらパックジュースで乾杯し、お菓子を開けた。

花火が始まると本当に目の前に広がった。距離があるから迫力には欠けるけど、河原の方、夜に暮れる町並みの隙間から、小さな灯火が飛び立って炎の尾が空へ線を描き、ドンと花開いた瞬間、音と感動が身体の中心を突く。

赤、青、黄の光。ぱちぱちぱちと散ってゆく炎の欠片。

雨のように夜空に流れ落ちる黄色い花弁。太陽のように大きな円を描いて咲く赤い花。

「綺麗……」

咲き誇る空の花に意識が吸い込まれ、心がシンと鎮まった。写真などの静止画で見るのとは明らかに違う、そこにある色と輝きの威力。そうだ花火ってこんなだった、としみじみした。

ぱっと咲くのと同時に濃藍の夜空を群青に薄め、雲をなぞる光。

建物にぶつかって遅れて届く残響。ガラス張りのビルにうつり込む、色鮮やかな影。

星の存在を忘れる刹那《せつな》。

「……花火を見ているあめちゃんの瞳の方が、綺麗だよ」

うっ、と詰まって横を向いたら、先生が涙のかわりに幸福をほろんほろんとこぼしているような、緩んだ瞳で微笑んでいた。……はずかしい。

「先生はくさいよ」

「えー。朝シャワー浴びてきたけど、汗かいたかな?」

「違うっ。わかって言ってるでしょっ」

肩先を叩いてやったら「ごめんごめん、わかってる、セリフのことでしょー」と眉を下げて笑い、左手でガードされた。

「想ったことを正直に言ってるだけなんだけどなあ」

「それもキザな人の常套句《じょうとうく》だ」

「キザかー……じゃあキザな人は繊細で一途なんだろうね。明確な目的をもとに、込み上げた想いを声で素直に伝えられるんだもの」

「目的……?」

「欲しいってことだよ」

……欲、し……ぃ。

「すけべ!」

もう一度叩くとまた悠々と逃げられて「えっちな意味じゃなくて~」と苦笑が返ってくる。

室内を覆う雰囲気は始終優しかった。ひとしきりじゃれ合って、絡み合う互いの笑い声が空気の中に消えた頃、再びどちらからともなく花火の音に惹かれ、花咲く夜空へ目を向けた。

「あめちゃんが喜んでくれて、嬉しいよ」

「……うん。ありがとう、先生」

俺は携帯電話を出して撮影した。打ち上がるタイミングと散る速度を見計らって、腋を締めて四苦八苦撮って、ぶれぶれの画《え》を見て先生と何度も笑って、綺麗な画像を数枚保存出来た。

いちごのパックジュースを片手に花火に魅入る先生は、微苦笑を浮かべてしんみりする。

「好きな人と一緒にいるって、こんなに幸せなんだね……」

「うわあ。今までの恋人に謝れ〜」

「謝らないよ。きっと彼女達もこんな気持ち抱いてなかった」

「こんな？」

「俺はあめちゃんに理想なんかないもの。どんな格好して、どんなへんなことを言ってもいい。あめちゃんがあめちゃんならいい。外見もかわいいけど、性格が好きなんだよ」

俺は俯いて、パックジュースを飲む仕草に羞恥を隠した。

「……全身タイツ着て、卑猥《ひわい》なこと叫ぶよ」

もごもご噛み潰した冗談を、先生が流し目でにんまり受け止める。

「いいよ……？」

俺も見返して睨み……そのうち耐えきれずに吹き出して、顔をそむけてしまった。先生は覗き込んできて、俺が反対側を向いて逃げると、またくちの中で笑いつつ追いかけてくる。追い詰められて前髪が微かに触れ合う至近距離で捕まると、一緒に肩を揺らして笑った。

先生がいる。花火の散る音が耳をくすぐる。

生暖かい夏色の微風が、俺達の笑い声を辿る。

「……あめちゃん、愛してる。ふたりでいることが幸せだって教えてくれたのはあめちゃんだよ。ひとりが寂しいって教えてくれたのは、あめちゃんだよ」

先生は俺が知るどんな人間とも違った。

人の悪ぐちを言わない。人を陥れようとしない。嘘をつかない。愛想笑いをしない。いやなことを、いやだと突っぱねられる。幸せをもらえば、感謝として伝えられる。

……この人の傍は心が腐らない。肩の力を抜いて、自分のままありのまま、幸福を握り締めて笑っていられる。

「先生は、なんで誰も妬《ねた》んだりしないいんだろう……優しい」

「それは優しいんじゃないよ。妬んだり憎んだりっていうのは、羨《うらや》ましいってことでしょ？ つまり、その人に及ばないちっぽけな人間だって、自分自身で認めて足掻く行為なんだよ」

「あ、そっか。……それが恥ずかしくて悔しいから、我慢してるの……？」

「違う違う。俺はもともと自分が誰よりも劣ってるって自覚してるから、足掻くまでもなく、すごいなあ格好いいなあって思うだけで、終わっちゃうんだよって話」

淀みないからっとした声で言い、先生は笑った。

まだ劣等感や焦燥感に怯えていた受験生の俺には、自分を卑下して他人を尊重出来る先生の純粋さが、潔さとして深く沁み込んだ。

「……優しいってことだよ」

「あめちゃんがそう思ってくれるんなら、とくした気分だ」

俯き加減に頭を寄せて先生の前髪を額に感じながら、薄暗い視界に浮かぶ先生の白衣のボタンを視線でなぞった。

先生の独特な感覚は、例の小学生の頃のいじめとも関係あるのかなとぼんやり考えて、花火の合間にこぼれる呼吸を聞く。空気の中に先生の香りが交じる。……俺を守ると言ってくれた人の、音と匂い。

「先生の昔の恋人ってやり方を間違えただけで、やっぱり先生を好きだったんじゃないかな。先生は自己評価低いけど、他人はそう思ってなくて……変えてほしかったのは服装や外食する場所っていうより、感情そのもので。自分に恋する人に、なってほしかったんだと思う」

「恋する人か――……」

「本当は先生に、花火を見せてあげるって、率先して誘ってほしかったんだよ。こんなふうに好いてもらって嬉しくない人なんかいないもの」

先生がすっと額を離して身を引いた。反射的に俺も顔を上げると、正面で目を剝《む》いて瞬きも忘れ、呆然としている。

「あめちゃん……それ、俺に好かれて嬉しいってこと……？」

「え」

瞬間、教室のドアがガタガタガタと揺れて、ビクッ！　と飛び上がってしまった。廊下から「あれ、開かねえやー」と残念そうな声。

……驚きすぎてばくばく鼓動する胸を押さえ、深呼吸して心臓と頭の混乱を鎮めていると、気づいた先生は背中をさすってくれつつ、

「今日は貸し切ってるよ～」

と、外に返す。

廊下にいるのは生徒だろうか。「能登？」「能登じゃん？」とか複数の話し声があった。

「能登先生ですかー？　屋上いっぱいなんで、入れてくださいよー」

「だ～めー」

「ずりぃ～いいじゃん、少しぐらいー」

「恋人と一緒だから察してくださいよ～」

「はあ⁉」

外の生徒と俺の声がハモった。「ば、ばかっ」と小声で抗議して頬をつねってやったら、先生は「いたた」と困った顔で苦笑いする。

俯いて前髪をがりがり掻き、視線の先にある先生のよれたシャツと、色褪せたジーパンと、伏せた大きな掌を睨んだ。……なんだか、身体がとても熱い。

恋ってなんだろう。

先生は友達とも親とも違う大事な存在で、今一番一緒にいたいと思う人だけど、この気持ちは恋なのかな。男同士でも……？

またドーンと鳴って、赤い花火が空に咲いた。

ちりちりちりとゆっくりそっと、涼しげな音を響かせて揺らいで欠けて舞いながら、群青色の夜の隙間へ溶けてゆく。


夏期講習中は昼食も先生とふたりだったけど、普段自分とべつの曜日に通っている生徒や、夏期講習だけ申し込んできた生徒と、なんとなく顔見知りになったりした。

隣の教室で毎日大声出してみんなを笑わせているムードメーカーはあいつかーとか、あの子はいつもひとりで昼食を摂ってるなあとか、この子毎朝駐輪場で一緒になるなあとか。

その日お昼休みに図書室へ行ってたまたま出会ったのは、胸のあたりまである長い髪を耳の下でふたつに結わえた小柄な女の子だった。スチール棚に乱雑に積まれた本を取るため右腕をピンと伸ばした体勢で、はたと俺を振り向く。

身長が百五十センチあるかも疑わしい彼女は、懸命に背伸びして爪先をぶるぶる震わせ、大きな黒い瞳で〝困ってます……〟と訴えてきた。

面食らって目を瞬いたら、照れ隠しなのか俺の顔がおかしかったのか、彼女の方が先に吹き

出した。そしてトンと地面に踵《かかと》をついてひとつ息をつき、

「すみません。届かないので、取ってくれませんか」

と、苦笑い交じりに言って丁寧に頭を下げた。

……横の開け放たれた窓でカーテンがふわりと浮かび、日差しが一瞬だけ彼女の頬を白く溶かす。足元の白光の中で埃が星屑《ほしくず》みたいに瞬き、セミの鳴き声が遠のいて、世界が微風に呑まれて停止したような感覚に、意識が歪む。

「う、うん。どの本？」

「……と、それ。『雨の名前』っていう本です」

「わかった。これ知ってるよ。雨の写真がすごく綺麗な本だよ」

「本当に？」

頷いて彼女の横に立つと、本を取って渡した。彼女は頬にえくぼをつくって愛らしくはにかみ、「ありがとう」と本を抱えて出入口へ走っていく。

華奢《きゃしゃ》な背中に視線がこびりついて、扉の陰にスカートの端がすいっと消えるまで、ついぽうっと見つめてしまった。すごく感じのいい子だったな……って思った。漫画みたいだ、男女の恋ってこんなふうに始まるのかなあ、とも。

後日、彼女と再会したのは先生とロビーでの昼食中、お弁当の唐揚げをつまみ食いされて怒っていた時だった。彼女が男性講師と並んで歩く姿を見かけ、目が合った。

右手にあの本を持っていた彼女はにっこり小首を傾げて軽くかかげ、〝これ、ありがとう〟と唇を動かすだけの挨拶をくれて、俺もほわんとなって左手を振り、笑顔を返す。

「……誰？　あめちゃんの好きな子？」

「なに言ってるんですか。先生ってば人の唐揚げ頬張って、もう〜……」

「すごくかわいい子だね……小さくて」

「おしゃべりしたのは一回だけですよ」

「……一回だけで、あめちゃんのことこんなにかわいく笑わせられる子なんだ」

俺は困って閉口した。土砂降りの雨の下で立ち尽くしているかのように、いきなりシンと目を細めて停止した先生の心には、どんな弁解も届かないと悟ったからだ。

「あの子、女の子だ。あめちゃんは男だ。男、なんだよね……」

先生は俺の好みが彼女のように礼儀正しい、小柄で小動物みたいな女の子だと決めつけた様子だった。その沈んだ横顔を見て溜息をつく。……ばかだ先生。

それは間違いじゃないけど、正しくもないのに。


教室に入ってきた先生の瞼が赤く腫《は》れていたのは、短いお盆休みが終わり、夏期講習後期が開始された八月中旬。

「あめちゃんのほっぺたべたい」

「先生勉強中ですよ」

俺の右横で頬杖をつき、長い指で手持ちぶさたに青いシャーペンをまわす先生は、疲弊しきった様子で覇気がない。

その憂鬱そうな横顔をうかがいながらもテキストに集中していると、

「あめちゃんに謝ることがあるよ」

と、また話しかけられた。

「ん、なに?」

「昨日あめちゃんで、ひとりえっちをしたよ。ごめんね」

「せ、んせ、い……」

「したあとって、空虚な気分になるよね」

「もーれつにべんきょうのじゃまなんですけどっ」

「あめちゃん……。あめちゃんとキスしたい。抱き締めたくて苦しい。辛い。でも止められない。会いたい。傍にいたい。離れたくない。あと数十分で帰っちゃうのかと思うと哀しい」

雨粒みたいにぽつぽつ寂寥《せきりょう》をこぼした先生が、ずんと肩を落とす。徐々に色を失ってゆく瞳に、「……明日も授業があるよ」と声をかけたけど、届かなかった。

「あめちゃんはかわいい女の子とキスするのかな。……競争も出来ないまま終わるって理不尽だよ。ちょっと余計なモノがついてるだけでさ」

「ちょっとじゃないでしょ」

「ちょん、だよ。ちょーん」

「うそだ。俺より小さいの」

「ごめんね、それはないや」

「う、ぅ……」

俺が項垂れたら、やっと少し笑ってくれた。ペンまわしをやめて、芯のある声音で続ける。

「切って好きになってくれるんなら、切るよ」

「い、いたた。そんな必要ないよっ」

「なら、性格であめちゃんに好いてもらえる箇所はありますか」

急に真剣な面差しの強い視線にこめかみを突かれて動揺し、テキストを押さえている指が震えた。まだ白とも黒ともつかないあやふやな感情を、責められているようで。

「この、間の……電話とか、花火は、感謝してます」

「じゃあ一回だけキスをください」

「せ、先生は性欲で恋愛するんだなっ」

「ここにあるのが邪心だけなら、もっとラクだったよ。一緒に幸せを分かち合いたいと想うから無力さに嘆くんじゃない」

「無力……って」

「俺自身があめちゃんの至福になりたいよ。その場所を誰にも譲りたくない。恋人になれたら絶対宇宙一幸せにするのに。……やっぱりこんな人間じゃ無理かな。あめちゃんを抱き締めて温めて、喜ばせてあげたかった。声を聞けばどんな苦しいことも吹き飛ばせる、無二の存在になりたかった。キスひとつで生まれた意味を感じさせてあげられる、特別になりたかったよ」

先生が情けなく苦笑した途端、もらった言葉が頭の中で渦巻いた。

日常生活の中で目や耳に入ってくる恋は、ただ一方的に己の快楽と優越を満たすための手段でしかなかった。〝メールの返事をソッコーくれないなんてありえない〟とか〝三ヶ月付き合ってもヤラせないなんてマジない〟とか、相手が都合よく動かないことを当たり前に責める。なのに先生はなんて言った……？　こんな思いやり一色の恋、知らなかった。

「あめちゃんの指、ここにあるでしょう？　距離なんて三十センチもない。簡単に届く。でも俺には果てしなく遠い、重たい距離だよ」

シャーペンを握る俺の右手の僅か先に、先生の無骨な長い指。

さっきまで無邪気にまわっていた青いペンは、その中で無気力に横たわっている。

〝今は夢だけ追いかけなさい。それを笑う人間がいるなら俺が守る〟

〝あめちゃんは、俺が三十歳になってやっと見つけた、たったひとつの夢だよ〟

〝なんにも不安にならなくていい。自信を持ちなさい。……愛してる〟

俺みたいな子どもにどうして遠慮なんかするんだよ、って激情が痛いほど胸に溢れてきて、先生の左手をグイと摑み、自分の右手の上に置いた。シャーペンを持って拳を握ったままの手の甲に、先生の掌がぎこちなく重なって覆う。

先生が俺を見ているのがわかったけど、俯いてテキストに這う自分の汚い字だけを睨んだ。

先生の手は大きくて、少し冷たい。

「……いじわる」

見返すと、眉を歪ませてやるせない苦しげな目で、ふやけた目で、微苦笑していた。

「好きだよ、あめちゃん……好きだよ」

重なり合っても静止している掌。唇は恋情をこぼすのに、指先は泣いている。

先生の傷は癒えるどころか、自分のせいでより深くなってしまったんだとわかった。

湧き上がった後悔が胸の底へ埋まる寸前、俺の右肩に顔を伏せた先生は、決して触れない数センチの距離を保った位置で、甘えるように寄り添った。

「あめちゃんはちょっぴり天然で、他の人なら忌み嫌うゴキブリみたいな存在も、きっと〝生き物なのに殺して申し訳ない〟って同情するような優しい子だから、俺がこんなふうに真面目に弱音を吐いたら、〝好きになってあげなくちゃ〟って、考えてしまうよね」

「……なんで、ゴキブリ……」

「寂しい。あめちゃん、好き。離したくない。欲しい。……女の子にあげたくない」

潰れそうな切望に思わず、先生っ、と叫びそうになったけど、声になる前に先生が囁く。

「忘れていいよ、って言うのは狡《ずる》いから、忘れないでって言うね。俺がこんなにあめちゃんを好きになって、一緒に過ごして、笑い合った時間があることを憶えておいてくれるだけで、俺は空も飛べるよ。だから忘れないで、あめちゃん」

無理矢理好きにならなくてもいいから。そう小声で続けたあと、からりと笑った。

「どうして俺はあめちゃんがめろめろになるような人間に成長しなかったんだろうなあ。幼稚園の頃、落としたあんこ玉を慌てて拾って食べたし、小学校二年生でおねしょしたもんなあ……ろくな恋をしなかったし、他人とうまく付き合えたためしもない。ほんとだめだめだ」

笑ってくれた。明るい声で話してくれた。そのすべてが、俺に己の恋情を背負わせないためなんだと悟った。煩わせたくないけど伝えずにはいられない。そういう恋なんだと理解した。

恋って不思議だ。先生の胸の中で膨らんだり萎んだり、輝いたり色褪せたりしているだけのはずなのに、俺の胸にまで届いて、抉《えぐ》ったり引っ掻いたりする。

先生の痛いのが痛い。先生の寂しいのが悔しい。先生の笑顔に、泣きたい。

「……わかった。キス、ほっぺたならいいよ」

「えっ。本当っ!?」

いきなり空気が一変した。先生がズイと俺の顔を覗き込んできて、目をまん丸くさせる。

「本当に本気で？　真面目に？　嘘じゃなくて？」

「ほ、ほっぺただってばっ」

「くちがいーなー……」

「ここへきて欲張るなっ」

心臓がどごどご鳴る。先生はわざとなのか本気なのか、下唇を突き出してぶうぶう言う。

「さっき感謝してるって言ってたけど、あめちゃんの感謝って、ほっぺ程度なんだなー」

「厚意に見返りを求めたら、それは単なる下心だよ」

「……賢いこと言って、俺を哀しませる。ひどい」

「ほっぺたならいいって言ったでしょ」

「わかったよー……」

「なんで不満そうなんですか、もうっ」

先生は瞳に〝ごめんね〟と謝罪を滲ませて苦笑いし、小首を傾げた。「抱き締めます」と許しを請うてから、俺の肩にそろりと手をまわして引き寄せる。こめかみが先生の頬に触れて、広い胸に包まれると、また心臓が飛び跳ねて動転した。

「……あめちゃん抱き締めてる。気絶しそうだ。時間なんか止まればいいのに。……細くて小さくてかわいい。髪がいい匂い」

「嗅がなくていいからっ」

「あめちゃん……。——千歳、好きだよ」

顔をそっと寄せて俺の耳元で囁いた先生は、吐息をこぼしたあと舌先を出して俺の右頬を軽く舐め、噛んだ。感触を確かめるように甘噛みしてはんで、舌でなぞる。

ふにゃ、とした唇の弾力と舌がくすぐったくて、思わず肩を竦めた。するとすぐに、先生の大きな掌が俺の腕を撫でて、怯えなくていいよというふうに優しく宥めてくれた。ああ、この人の言う〝愛してる〟とか〝守る〟というのは、こういうことなんだ……と頭の隅で考えた。

安心して肩の力を緩めると、先生の舌先は俺の右目の下へ移動する。驚いて目を閉じたら、その反応が嬉しかったのか、「かわいい」と苦笑がこぼれてきた。

「ちょっ……ちゅ、として終わりじゃないの？　しかもそこほっぺたじゃないよっ」

「わかった。ちゅ、で終わりにする」

顎を指先で上げられて、はっと呼吸が止まった一瞬、くちに先生の唇が降ってきた。重なり合ったのと同時に、身体の中心に衝撃が突き刺さる。

……いや。ちがう。それも、ちゅ、じゃない。場所も、ちがう……。

「シン……」

舌先が触れ合って、驚きが呻《うめ》き声になった。少し強引に俺の奥底を撫でる先生の無謀にどうこたえればいいのかわからず、混乱してされるがままになる。

真っ先に思った。本当はこんなキス非常識なんだろう、と。

自分自身、物心ついた時から女の子とするものだと信じてきた。男とするなんて遊びか事故か別世界の出来事だと分類してやり過ごしてきた。いやだと突っぱねるのが普通で、気持ち悪いって逃げるのが常識なんだ。先生を拒んで傷つけるのは、当然の、しかたないことなんだ。

「……あめちゃん」

でも心が拉《ひしゃ》げて痛かった。どんなに強引でも、先生の唇はやっぱり先生らしく温かくて、掌も俺を傷つけようとはしないのに、俺は先生が傷つく瞬間の表情ばかり想像している。

俺の下唇を吸いながら名残惜しむようにゆっくり離れた先生は、額を合わせたまま囁いた。

「愛してるよ。次に誰かとキスするまで、この味を憶えておいてください」

目の縁に小さく浮かぶ、先生の涙を初めて見た夏の午後だった。

「椎本じゃね？」

夏期講習も残り数日になった頃、昼食のお供にジュースを買いに行ったら、突然名字で呼ばれて驚いた。

ここに俺を名字で呼ぶ人なんて受付のおばちゃん以外いたっけな、と振り向いたら、同じ中学校出身の渡部《わたべ》がいた。友達の友達で、まともに会話したのは数える程度。名前を憶えていてくれたんだなあなんて、驚くような知人だった。

「うわー、椎本もここ通ってたんだ？　夏期講習だけ？」

「ううん、高校三年になってからずっと通ってるよ。渡部は？」

「俺は高二からだよ。全っ然会わなかったな！」

「曜日が違うか、俺がマンツーマンなせいかも。担当の先生以外と、あまり接しないから」

「へえ〜。担当って誰？」

「能登先生だよ」

「のとぉ？」

素《す》っ頓狂《とんきょう》な声を出した渡部は、思いがけず急に嘲笑を浮かべて先生を侮蔑《ぶべつ》し始める。

「能登っておかしくね？　あいつ生徒の評判悪いし、授業もまともにしないんだろ？　自習したい奴はラクだって言ってるけど、講師としてどうなのって感じじゃん。講師の中で担当してる生徒が一番少ないって有名だしな。いい歳して仕事もまともに出来ないってさ、てめえが落ちぶれんのは構わねえけど、こっちは将来かかってんだっつーの。あっははは」

……びっくりした。自分が猛烈に苛々していることに驚愕した。

怒りに煮えくり返って熱を持った腸《はらわた》を見下ろし、右手で撫でる。……俺、人を殴りたくなって、そいつの顔が血まみれになるのを想像しても心がまったく痛まないのは、初めてだ。

「椎本、あんな奴が担当で大学受かると思ってんの？　俺なら無理だわ〜。受付のおばちゃんに頼んだら講師変えてもらえるはずだぞ？　金出して予備校通ってんのこっちなんだからさ、ちゃんとした先生にしてもらえって。秋津先生とかいいよ。美人だし」

「渡部は、能登先生の授業受けたことあるの？」

「ないよ」

「しゃべったことは？」

「ないない。つか、あいつなに考えてるかわかんないじゃん。ぼーっとして愛想なくて、人をばかにしてるっつーか。おまえ話とか出来んの？　話せる方がすげえわ」

俺は悪ぐちを披瀝《ひれき》する渡部の醜い笑顔を、黙って凝視し続けた。

常に他人を尊重しようとする先生の姿勢を思うと、目の前で一方的に中傷を並べ立てる渡部の姿は怖いほど醜く見える。

そして怒りに震える拳を抑え、先生が『なんか革命だ。革命が起きたよ』と呟いた声を心の中で反芻《はんすう》した。……あの時の先生の気持ちが、やっとわかった。

さっさと会話を切り上げ、不快感を引き摺《ず》って床をどすどす踏み潰しながら教室へ戻ると、先生は濁りない幸福そうな、脳天気な笑みを浮かべてそこにいた。

「あめちゃん、待ってたよ。はやくご飯食べよ～。今日は唐揚げある？　あめちゃんのお母さんがつくる唐揚げ、絶品だもんなー」

俺は曖昧《あいまい》に頷いて椅子に座った。胃の奥が気持ち悪くて食事する気になれず、机の上の弁当箱と消しゴムのカスを睨んで、笑顔を繕えるようになるまで待つ。

声を出したら、身体の底に蓄積した憤懣《ふんまん》を大声でぶつけてしまいそうだった。

「あめちゃん……？」

以前話した男性講師も、先生をばかにした。

〝能登先生は不思議な人だよねー〟

〝実は俺、あいつと小学校が同じなんだけど、当時から奇妙な奴だったよ〟

〝担任教師にいじめられてたような奴だから、学校の教師は嫌いなのかもよ〟

……先生の味方ってひとりもいないんだろうか。なんだか、どうしようもなく寂しい。

先生自身が人付き合い下手なのも知っているけど、なんで誰も先生を知ろうとしない？　なんで外から得られる情報だけじゃなく、心を見ようとしないの？

先生は硬派なんかじゃない。へんだけど不思議なんかじゃない。格好いいけどシャツはよれよれだし、頭はいいけどぴったり千円のレシートに喜ぶような子どもだし、暗闇の中で歌をうたえる人で、無意味に人を誹《そし》ったりしない人で、人並みに、えっちで。

「あーめちゃん」

悔しくて下唇を噛んで俯いていたら、先生は机の上に俯せるようにして擦り寄り、俺の顔を覗き込んでにっこり微笑んだ。

「あめちゃんはすごいね。一緒にいると教室の空気が森の中みたいに澄んで心地よくなるよ。マイナスイオンだ。ふわ～って幸せになれる。――ね。どうしたの？」

……先生。いつからひとりなの。どうしてひとりでいるのに、他人を優しく慰められるの。

「なんで先生は、ひとりでいようとするの」

くりと目を開いた先生は、視線を横に流して表情を消し、しばし黙考してからこたえた。

「俺自身が望んだからだよ。誰かといないと生きられない人がいるなら、ひとりじゃないと生きられない人もいるんじゃないかな」

「友達もいらないの」

「俺が今まで生きてきて欲しいって想ったのは、あめちゃんだけなんだよ」

「……どうして。三十年も生きてきたのに、一度も信頼出来る人に出会わなかったの？」

「ひとりでいようとすれば、案外いられるものなんだよ」

「俺とはさらっと出会って、あっさり仲良くなれたじゃない」

「だから奇跡だと思ってるよ。運命だって」

納得出来ない。そんなの先生が孤独でいた理由にならない。

「学校や塾や、人が大勢いる場所に行けば、きっとひとりぐらい、いい人に出会うよ」

「いい人はいっぱいいたよ。慕ってる恩師もいる。でもそこにいてくれればいい。欲しいとは思わない。好きになるほど傷つけるのが怖くなる。怖くなる相手としか、知り合わなかった」

「傷つけるのは当たり前だよ。誰だって大なり小なり、傷つけたり傷ついたりしてるんだよ。それでも許し合おうとするのが友達なんだよ」

「ならあめちゃんは、そんな相手全員が、互いに心全部を晒し合っている親友だと言える？」

え。互いに心全部を晒し合っている、親友……？

「信頼ってそういうことでしょ？」

ぴた、と思考が停止した。

たとえば俺は、友達に先生のことを話さない。気持ち悪いと拒絶され、嘲笑の的になるかもしれないし、仮に受け入れてくれても、陰で噂話のネタにされるかも、と疑っているからだ。先生をばかにされるんじゃないかと警戒してしまう。拭いきれない不信感がうっすらと膜を張っている。上辺の付き合いだと指摘されても否定出来ない、そんな友達しかいなかった。そんな出会いしかしてこなかった。

指を折って数えるまでもない。十七年生きた俺が自分の心の弱部まですべて晒せたのは、目の前にいる先生だけだった。

「俺はね、あめちゃん。孤独って大勢の人といる時に感じるんだよ。でも虚しいだけで寂しくはなかった。俺に無防備に甘えて涙を見せてくれたあめちゃんを好きになって、離れたくないって想ったら寂しくなったよ。俺を許して傍にいてほしいって、我が儘になっちゃったな」

他人がいるから、ひとりになる……。

心が飛んでしまったようにぼんやり先生に視線を向けたら、笑顔をくれた。晴れすぎた群青の夜空に浮かぶ満月のような、蕭然《しょうぜん》と儚《はかな》く、遠い。

「……先生。無責任なこと言ってごめんんね。俺も信頼とか親友って、わかんないかも」

「えー？　あめちゃんはひとりぐらい親友がいるでしょ？　だっていい子だもん」

「ううん。俺の今の友達って、ばか高校だからかもしれないけど、校則違反は普通だし、無免許運転するし、授業中に先輩に校庭まで引き摺られていって喧嘩するし。信頼って難しい」

「あめちゃん……その環境で親友をつくれる子なら、たぶん今の俺達の関係はないね……」

「なんで？」

　先生は右手で額を押さえておかしそうに苦笑し、「天然ちゃんだ」と呟いて自分のコンビニ弁当を開け、お箸を割る。

「あめちゃんは意外と図太いんだなあ。格好いい面を見つけたよ。授業中に校庭で乱闘が始まる学校なんて。俺だったら早退する」

「乱闘じゃないよ、五対一だったもの」

「うん、わかった。退学しよう」

「退学!?　無関係の外野なのに!?」

「……もうね、そういうズレた驚き方をするところが、かわいくて堪《たま》らないです」

「先生の方がズレてるよ。なんで殴られてもないのに逃げなくちゃいけないのかわかんない。助ける勇気もないのに同情する自分の偽善者ぶりに耐えられないっていうなら、わかるけど」

　唇を突き出して俺もお弁当の蓋を開けたら、先生が急に「うぅっ」と呻いて項垂れ、自分の身体を両腕で抱え込んだ。

「ど、どうしたのっ？」

「……ちょっと、こうしてないとあめちゃんを抱き締めて押し倒して嚙みつきそう」

「嚙むって痛いっ、どこ嚙むのっ⁉」

「心配するのそっちかー……」

カクンと身体を斜めに傾けて、先生は困ったように笑った。

顔が紅潮して、焦って箸を出して母さん得意ののり弁当を掬《すく》い、くちに放り込んだ。あ、買ってきたジュースを開けてないじゃんか。慌ててパックジュースを取り、ストローを挿す。

先生も、はあ〜と溜息を声にして箸を握りなおし、食事を始めた。

先生のお弁当は幕の内。嬉しそうにさくら漬けをご飯にのせて食べる。どんなおかずよりさくら漬けが一番好きって、前に教えてくれた。主菜じゃない隅っこに隠れるように蹲《うずくま》ってるお漬物なのに……へんなの。

「あめちゃん、そののりご飯の横にある唐揚げを、あ〜んしてください」

ひとつならいいかな、と箸を握って慎重につまみ、あーんと食べさせてあげたら、先生は背を丸めて「もう死んでもいい……っ」と打ち震えた。

「か、唐揚げひとつで、死ぬとか言うなっ」

「唐揚げでとろけて、あ〜んで昇天するんだよ！」

「そんなの三十歳の死因として異常だよっ」

「年齢は関係ないの。俺っていう人間の死因なの」

「威張らなくていいし……」

先生、おかしいよ。予備校は勉強する場所だよ。生徒相手に講師が恋する場所じゃないよ。講師相手に、生徒が至福感に息を詰まらせる場所じゃないよ。……ない。

「……あめちゃん、平気だよ。あめちゃんは人懐っこくて優しいから、親友もすぐ出来るよ」

「先生は?」

「ほら、そうやってすぐに俺のことも思いやってくれる。自分より他人を大事に出来る人は、必ず好かれるよ。大丈夫」

質問をはぐらかされてムッと睨んだら、先生は〝まいったなあ〟というふうに苦笑して、左手で所在なく髪を梳いた。

「どう言おうねー……あめちゃんは常に心を開いている人間で、俺は閉じている人間だから、相容れない部分があるのもしかたないんだろうね」

「俺だって他人を警戒することはあるよ」

「じゃあなんで生徒の名前を憶えないなんて言った俺を警戒しなかったの? 今まで出会った人間の中で、好奇の目も下心もなくかまってくれたのはあめちゃんだけで、俺はそこに愛情を見出して奇跡だと確信した。一方的に運命だと決めてしまった。……そういうことなんだよ」

俺の足りない頭で理解出来たのは、先生が人生で初めて信頼を憶えたのが自分だということと、俺だけが先生を孤独の寂寞《せきばく》に埋めることも、幸福に昇天させることも出来る事実だった。

「……俺が男で、ごめんね」

そう謝罪したのは先生だった。弾かれたように顔を上げたら、先生のほわんとした優しい微笑が見守っていてくれて心を掻き乱され、行き場のない情動に苛《さいな》まれた。

……それは俺のセリフじゃないの、先生。俺が女の子なら先生は悩まずにすんだんじゃないの？　なんで自分ばかり責めるの。罪人みたいに恋情まで悔悟して謝るの。

「もうひとつ……先生にあげるよ、唐揚げ」

俺が信頼してるのも先生だけだよ、先生に好いてもらって不愉快だった日なんかない、一秒だってなかったよ、と叫びたかった。でも言えたのは、無関係のしょうもない言葉だった。

「嬉しい。ありがとう、あめちゃん」

なのに先生はどうしたって屈託なく笑う。唐揚げを差し出したら、ぱくりと食べて右の頬にしまい、咀嚼《そしゃく》しつつ幸せに震えてくれた。

先生を見つめてくちを開くのに、羞恥と緊張に縛られて歯をがちがち嚙み合わせて焦るだけで、〝いつもありがとう〟とすら言えない。

さっきの渡部との出来事を話せば手っ取りばやいけど、先生の悪ぐちまで伝えるはめになるし、伝えたいのはたったひとつだけなのに、想いが塊みたいになって喉を圧迫してじくじく刺激して苦しくって、ああもうっ。

まごつく俺の横で、先生が「おいしかった～」と空気を明るい彩りに変えてくれたら、余計タイミングを見失ってくちがかたまった。

……思いもよらなかった。

俺も先生を好きになったみたいだよって、たったひとこと告白するのが、こんなに大変だったなんて。

「今日は二回も昇天した。はあ～……大変だ。眠れないかも」

先生ののんきな様子が悔しくて、目の前でもぐもぐ動く頬を軽くつねって八つ当たりする。

先生は「いたいいたい、なんでー？」と笑って、俺の手を上から覆った。

普段、不用意に俺に触れたりしない先生の掌。握り締めても許してくれる……？　と瞳で反応をうかがいながら少しずつ俺の四本の指を包んでいって、額が重なる至近距離まで近づく。

「……あめちゃん」

「……。うん」

もう〝ごめん〟は言わないでください、と目をきつく瞑って祈っていたら、

「あめちゃんの分、ひとつになっちゃったよ。……唐揚げ」

と、先生のイタズラっぽい笑い声が耳朶《じだ》をくすぐり掠めていった。

夏休みあとは思いがけず指定校推薦の校内査定が通って、俺は一息に気が抜けてしまった。秋から小論文の勉強に集中し、十一月には大学へ行って面接し、あっさり合格確定。

「……先生、ごめんね。勉強教えてくれたのに」

「よかった。よかったよ……！」

「……ありがとう」

報告した直後の先生の浮かれようったらなかった。教室からフロア全体に響き渡るほどの大声で〝よかった〟と繰り返す。

「嬉しいよ！　よかった！　俺の人生の中で、あめちゃんに出会えた次にいい日！」

「喜びすぎっ。俺より喜んでるよっ」

「嬉しいよ。だってもうあめちゃんの辛そうな顔を見なくてすむもの……っ」

俺は縮こまって赤面し、唸った。この数ヶ月間の、自分に対する先生の心労の深さに遅ればせながら気づいて、申し訳ないやら、照れくさいやら。

「……で、あめちゃん。予備校は、いつ辞める？」

「あ、そう、ですね。考えてなかったけど……年内に、辞めると思います」

平静を取り戻した先生は、優しい微笑を浮かべて頷いた。

「なら、その日までにこたえをください」

「こたえ？　告白の、こたえ……ですか」

「はい。最初にふられているからわかってるけど、受験が落ち着いた今改めて考えてほしい。……俺はあめちゃんが大好きだよ。あめちゃんを支えて生き続けて、死にたい」

「し、死にたいなんて、」

「本心だよ」

そんなのプロポーズだ、って思った。どぎまぎして先生の視線に耐えきれず、俯くように顔を隠すと、乱れてもいない前髪をくしゃくしゃ梳いた。

「け、携帯電話の番号だって交換したから、予備校を辞めても、繋がりは消えないのに……」

「メールや電話で話せたのは嬉しかったよ。でも恋愛では繋がってないって思い知った。片想いなら、俺はこの先あめちゃんの邪魔でしかないよ」

「どうして、邪魔」

「あめちゃんに恋人が出来たら俺は傍にいられない。あめちゃんの信頼は欲しいけど親友にはなれないから。……ごめんね。愛してます。年相応の知性もない未熟で劣った人間だけど、初めて人を守りたいと想いました。考えてください」

透徹した氷柱のような鋭利さを内包した視線と告白だった。口渇感を憶えるほど真っ直ぐ真摯でかたい。もし握り締めて確かめられるものだったら、恐らく熱くて痛かったに違いない。そして、溶けて指の隙間を滴るのは単なる水じゃなく、先生の涙だ。

「……はい。わかりました。考えます」

「よろしくお願いします」

想いは自覚していたけど、先生に甘え続けてきた分、簡単にこたえるのではなく、自分も真摯な気持ちで向き合って、先生の告白も涙も全部受け止められるのか、悩もうって決めた。


その後、先生は俺に好きだと言わなくなった。毎日続いた朝晩のメールもやめ、俺の質問にこたえて勉強を教えてくれる以外は、本を読んだりあくびをしたり気ままに過ごす。

……たぶん先生は、俺のためにわざと距離を置いてくれたんだと思う。駆け引きを利用して気を惹こうとする、狡猾な人じゃない。ばかがつくぐらい実直で真面目で不器用な人だからこそ、俺が先生の熱心な〝好き〟って告白や執着に絆《ほだ》されるのを懸念したんだ。

予備校は、両親とも相談して冬休みに入る前、十二月下旬に辞めることになった。

それまでのひと月弱、俺は毎日先生と生きる未来について煩悶した。

先生は本来結婚して子どもがいてもおかしくない歳なのに、俺を支え続けて死にたいと言ってくれた。それは俺にも同じ覚悟を要求する強い願いで、俺の家族を巻き込み、将来をねじ曲げる事実を重たく受け止めているからこその、〝考えてほしい〟というひとことに違いない。

三十歳の大人が十七歳の子どもの一生を希求するのは、どんな感覚だろう。

〝あめちゃんは何度失敗したってやりなおしがきくし、幾度だって方向転換出来るんだよ〟と諭した先生のことだから、きっと俺を欲するほどに自己嫌悪に駆られていたはずだ。自分の人生という板の上に、杭で無理矢理俺の手足を打ちつけるのを想像して。

ならば俺はどこまで先生への想いを貫けるだろう。

たかだか十数年生きた自分に見渡せる一生など薄っぺらいのは自覚していた。

結婚も子どもも不要という夢心地な想いは、たとえば父さんのように社会に身を置いて、出産祝いを贈ったり葬式に出席したりと、常識的な価値観を振り翳《かざ》す厳格な人達との交流に馴染んでも、抱き続けられるものなのか。先生への恋心を生涯絶やさないと言い切れるか。裏切らないと約束出来るか。自分は変わらないと誓えるか。

十二月に入ると、世界は澄んだ冬風に撫でられて凍り、物悲しい色に浸った。

授業が終わった帰り際、先生のあとから教室を出たら、正面を歩く先生は他の講師と擦れ違いざま、軽く会釈した。互いに目も合わせず笑顔も見せず、無表情で行き過ぎる。

白衣の裾も無感情にひらひら揺れた。

冬なのにサンダルの足元。猫背のうしろ姿。ぺたんぺたんという寂然《せきぜん》とした足音。

思わず歩みを止めて立ち尽くしていた。ろうそくの灯火のように、どんなに明るく笑っても、常に消え入りそうな頼りない空気をまとっている孤独色の背中。

『俺、今はひとりぼっちじゃないよ。あめちゃんに会えなくなったら、ひとりぼっちだ』

……今更気づいた。先生がいなくなってしまったら、俺もひとりぼっちだということに。

「先生の家族って、どんな人達？」

「家族？」

正面で俺に右半身を向けて読書していた先生は、苦い含み笑いをして本を閉じ、脚を組みなおして机に頬杖をついた。返答を考えながら、指でくち元をさする。視界に俺は入れない。

「俺のうちは両親と兄の四人家族。放任主義で、とにかく〝自分でなんとかしなさい〟って教育する人達だったよ。お菓子ひとつ欲するにしても、〝食べたいならどうすればいいのか考えなさい〟ってあしらわれて、うーんって悩んで、お風呂洗ってお小遣いねだったりしてね」

「わあ……まさに先生の家族って感じだね」

「そう？」

「勉強はひとりが捗るって、先生言ったでしょ？　予備校でも、担当講師は生徒が選択すべきとか。家庭環境が影響して、ひとりで自立する術を身につけてきた人なんだなあって。俺、嬉しかったよ。大学に受かるも落ちるも自分の責任って、大人扱いしてくれてるって思った」

そこでやっと俺を見返した先生が、微苦笑した。

「俺と正反対だね。俺はあめちゃんに甘えることを教わったんだよ。人を信頼してもいいのかなって考えるようになったら、自分の中に息づく驚くほどの脆弱《ぜいじゃく》さや強靭《きょうじん》さを見つけた。人間は変化を繰り返す生き物だけど、実は自分自身を把握するのが一番難しいのかもしれないね」

　久しぶりに甘い言葉を聞いて感情がざわわと騒ぎ、心臓ごと波打ちだす。

　ムとくちを結んで焦りを押し止《とど》めていると、先生はこんな時に限って紳士的なスマートな素振りで眼鏡を外し、胸ポケットにしまって、

「怒らないって約束してくれる……？」

　なんて、色っぽい上目遣いになった。

「な、に……？」

「俺ね、あめちゃんに踏まれるのが夢だよ」

「な、なんで踏むの！」

「ぞんざいに扱ってもらえるぐらい、親密な間柄になりたいの。夫婦みたいにさ。〝ジュース買ってこい〟とか〝肩を揉め〟とか言われたいなあ」

「それは夫婦なの？　先生ドM、へんたい」

「でも俺がキスすると、真っ赤になってあわあわしてくれたりして」

「妄想しすぎだよ、病んでるよっ」

「要するに、こういうへんな自分の存在も、三十歳の今になって知ったんだよってことです。……他人と接するのは同時に、自分を知ることなんだね。俺は知らなすぎたよ」

　自分に恋してる、と言っていた先生。

確かに、人との親密な間柄を望むことこそ、昔は妄想でしかなかったんだろう。その相手が俺だなんて。男だなんて。もっと予想外だったはずだ。

心臓がまたじくりと動いた。左手で目を擦って胸を押さえ、深呼吸する。

「ならさ、先生はさ、恋人がドSじゃないと、満足しないんじゃないの……？」

ぶっと吹き出した先生は、あっははははと大笑いし、前髪を掻き上げた。

「まあ……そこは、未来の恋人と相談します」

未来の、恋人……と、ほうけて心の中で復唱した俺に微笑みかけた先生は、再び本を開いてしおりを取り、文字を視線で辿り始める。

「……あめちゃん。俺に同情しなくていいからね。家族や過去を知ろうとしてくれるのは嬉しいけど、バックグラウンドは無視してください。まるで懸命に恋する理由を探してるみたい」

「え……」

「今まであめちゃんと過ごしてきた俺をどう思うか、それだけでいいんだよ。ばかでガキで男で、無理って思うならそれでいいじゃない。ふったら可哀想だから付き合ってやろうなんて、絶対に考えたらだめだよ。俺はそんなあめちゃんはいらない」

静かな断言に、また覚悟を見た。

前みたいに弱音を吐露して俺の単純な心を惹くのは簡単だったろうし、騙してさらうことも出来たろうに、先生は頑固で純粋な恋情を貫いた。

〝イエスをもらってからお互い歩み寄ればいい〟なんて、考えない。

〝欲しいから形振り構わず手に入れる〟なんて、絶対に言わない。

俺に幸福を選択させる。相手の幸福が自分の幸福だと、偽善でも欺瞞でもない証拠に態度で示せる。そうやって愛してくれる。誠実で堅物で、臆病だ。

「……はい」

今とても先生に触れたい。指先の爪の、白いところだけでも。


最終日の金曜の夜、俺と先生は一切雑談を交わさず授業を終えた。

俺は先生に「少し待っていて下さい」とひとこと伝えると、荷物を持って教室を出て受付へ行き、おばちゃんに挨拶をした。傍にいた講師も、「お、今日で最後かー」「推薦で合格？　ラクしやがって〜」なんてからかってきて背中を叩き、「頑張れよ」とエールを送ってくれた。で、しばしじゃれ合ったあと急いで教室へ戻ったけど先生の姿はなく、講師室へ走ってもいなかった。お手洗いにもいない。えぇっ、と焦ったすえ、ひらめいて図書室へ移動したらいた。

「先生」

呼びかけると、窓辺に立って物憂げに夜景を眺めていた先生は俺の姿を認めて呆然とした。

「……あめちゃん。もう帰ってしまったと思ってた」

「待ってて言ったじゃないですか。母さんに最後はちゃんと菓子折を持って挨拶しに行きなさいって言われてたから、先にすませて落ち着いてからの方がいいと思って、それで」

傍へ近づいた俺の声が聞こえているのかいないのか、先生は感極まったように唇を引き結んで瞳を滲ませ、俺の右手をやんわり包んで胸の横に引き寄せた。

「あめちゃん……愛してるよ」

本と埃の匂いが鼻先を掠める。顔を伏せると先生の白衣から太陽の香りが浮かんで、なぜか緊張感が増した。

「本当に愛してる。あめちゃんのために生きていきたい」

「そ、んなこと、言われたら……傷つけられないじゃない」

照れ隠しで赤くなって冗談交じりに言ったのが、失敗だった。

「……。そうか。――ン。わかった。優しく、傷つけに来てくれたんだね」

「え」

先生は俺の顔をじっと見つめて恐る恐る右手を上げ、俺の頬に指先をつけるとそっと覆う。

そして目を細めたのと同時に、なんの前触れもなく左目から涙をほろ、とこぼした。

「あめちゃん……今まで楽しかったよ。ありがとう」

「あ、いや、そうじゃな……って、先生、涙がっ、」

「止め方がわからない」

「わから、ないって……」

　身体に先生の腕がまわって、縛り上げるようにきつく強く抱き竦められ、当惑した。

「……大好きだよ。一緒にいられて本当に幸せだった。愛してる。……愛してるあめちゃん。大学生になっても、自分の幸せのために頑張るんだよ。我が儘でいい。めちゃくちゃで、がむしゃらでいいから幸せになって。だって辛い時に、もう助けてあげられないもの」

「せん、せ……」

「朝晩のメールも付き合ってくれてありがとう。迷惑だったろうに、突っぱねないでくれてありがとうね。俺はあめちゃんの優しさに甘え続けてしまったよね。あめちゃんは素敵な子だよ。誰にも負けない、いい子だよ。自信持って幸せな大人になりなさいね」

　鼻をすすりながら、俺の後頭部を撫で続ける先生の指。その温度と天井の蛍光灯をぼうっと眺めて、こんなにも好いてくれているのか、と幾度となくまた思い知る。

　先生は俺が別れを切り出したら、繋がり合った携帯電話の番号にすら二度と触れないつもりだったんだ。

「……ごめんね。俺ばかり幸せにしてもらって、なにも返せなかった。本当にごめん」

「先生待って。あのね、その……キス、もう一度していいよ」

「別れのキスさせてくれるの……？」

　ああもう、そうじゃなくてっ、と怒ろうとしたのに、至近距離に近づいた先生の顔が涙でとても濡れていて、絶句した隙に唇が塞《ふさ》がってしまった。

別れのキスと言ったけど、先生は唇の表面を僅かにはむだけの、怯えたような優しい、キスともいえない遠慮がちなキスをほんの一瞬しただけで離れた。

涙を拭って深呼吸し、意を決したように言う。

「家まで送るよ」

「なっ。先生、次も授業があるんじゃ、」

「どうでもいい。授業と、あめちゃんとの最後の時間なんて、天秤にかけるまでもない」

「な、なに言って、」

いや、だからええと、そうじゃなくて。

「先生待ってよ。俺、用意してきた返事ひとつも言ってないから。傷つけられないっていうのはマイナスじゃなくて、プラスな意味で、」

「プラス……？」

チャイムが鳴った。授業開始の合図だ。でも先生は俺から目をそらさないし、俺の背中を支えて身を寄せたまま、離れる気配もない。

俺も見つめ返した。離れる気はなかった。

「傷つけないよ。明日も、明後日も。大学生になっても、先生といるよ」

「え……。あめちゃん、俺と一緒にいてくれるの？」

「うん」

「離れない？　ずっと」

「うん、ずっと」

「俺を……好きになって、くれますか」

「……うん。好きだよ」

「男でも？」

「うん……男でもいいよ」

先生はびっくりまなこでポカンとした次に、俺の両腕を強く掴んでずいっと顔を寄せた。

「よく見て！　俺だよ？　こんな男でいいの!?」

ぷふっと笑ってしまった。先生の必死の形相がおかしくて。

「うん……いいよ」

「恋人だよ？　親友じゃないよ？　先生でもないよ？」

「うん、わかったから」

「恋人はキスするよ？　えっちなこともするよ？」

「……先生、授業始まったから、行ってきなよ」

「いやだよ」

「いやじゃないよ」

「こたえてくれないと行けない」

「授業終わるまで待ってるから行きなさい——」

「えっ。待ってる？」

「これ終わったら帰るでしょ？」

「帰る」

「俺も一緒に帰るよ」

「……え。……えっ。……えっ!?」

「外泊するって、家に電話しておくから」

先生のまん丸い目の縁で、涙の余韻が白く光った。

「そんな覚悟見せられたら、もう勉強なんて出来ない。今すぐ帰る」

「だ、だめだよっ」

「むり。むりむり。頭にあめちゃんとベッドに入ってちゅうちゅうしてる情景しか浮かんでこないもの。ペンなんか持っても〝あめちゃん〟しか書けない。くち開いた途端に〝あめちゃん愛してるよ〟って言っちゃう」

「こら三十歳、予備校講師！」

「信じられない……あめちゃんとえっちするって。今日。今夜。触れていいって！　抱き締めていいって！　朝からずっと、別れることしか考えてなかったのに」

ばか。本当にばかだ。

「俺には別れるなんて選択肢、はなからなかったよ」

「うそ」

「だから行ってきなさい。ロビーのところで、ジュース飲んで待ってるから！」

さっ、と空気が乱れて先生の顔が視界を覆い息を呑んだ瞬間、唇が重なった。

先生の右の掌が俺の背中を撫でて肩を掴み、左手は腰を支えて引き寄せる。舌先が俺の舌を探して触れて吸う。

顔が熱い。自分の指がどこにあるのかわからない。先生が好き。それだけがわかる。

離れると、先生は互いの両手を繋いで俺の目の位置に屈み、真剣な眼差しで俺を刺した。

「あめちゃん、幸せにする。死ぬまで一緒にいよう。一緒におじいちゃんになろうね。しわくちゃになって老人ホームへ行っても、手を繋いでキスしようね」

「ろ、老人ホームっ？」

「俺は長生きして、あめちゃんを看取ってから死ぬよ。絶対ひとりにしない。約束する」

それが恋人になって初めての、先生のプロポーズだった。

「……大げさだよ、先生」

「本気だよ」

俺は紅潮して、唇の湿り気を感じると余計に熱くなって困った。

「うん……わかった。信じるから。俺も一緒にいたいから」

うわあ……っ、と打ち震えた先生が俯いた拍子に、ごつと額がぶつかった。い、いたい。

今一度力一杯抱き締められ、やがて「……じゃあ行きます」と名残惜しげに腕をといた先生が、心底幸せそうに微笑み、俺を視界に捉えたまま手を振ってふらふら歩いていく。

「待っててね。ちゃっちゃと授業してくるから！」

「ちゃっちゃ……」

「一時間後、一緒に帰ろうね！」

「うん」

「一緒にお風呂に入ろうね！」

「……ん」

「ちゅうちゅうしようね！」

「ン」

「えっちしようね！」

「しーっ」

「愛してるよ、あめちゃん！　好き！　大好き！」

「静かにっ！」

——その一時間は、ぼんわりした柔らかい真綿の上で横たわるような曖昧で甘い時だった。

ひとりでジュースを飲んでいても、お尻が椅子から一センチぐらい浮いている気がする。胸は始終激しく鼓動して、身体は熱い。

さっき挨拶した講師に「おまえ帰ったんじゃなかったの？」と不思議がられて「まだ用事があって」などと返し、他愛ない会話を交わした間も自分の声が浮ついているのを自覚した。

笑い声が一オクターブ高い気がする。脳裏に先生の笑顔が張りついて消えない。

ほんの数メートル先の教室にいる先生も同じ気持ちなのかと思うと、見えない糸で結ばれているような絆を感じて、心臓の下のあたりがくすぐったい。

すごく会いたい。同じ建物の中にいるというのに。

やっとジュースを飲み終えて息をついた頃、チャイムが鳴った。

先生はあんなにはしゃいでいたくせに、五分後ののんびり教室から出てきて講師室へ向かい、十分後に悠々とした足取りで俺のところへ来て、

「行こうか」

と、大人っぽく微笑んだ。

なにその余裕……。憎たらしくて好きで、マフラーを引っ張ってこたえたら、「ぐるしぃです」と眉を下げて苦笑した。

予備校をふたりで出るのも初めてだった。群青色に染まる晴れた夜空に白い息を浮かべ、寒いね、なんて話しながらコンビニへ寄って、サンドウィッチとお菓子と飲み物を揃えて帰った。

先生の家は予備校から徒歩十分ほどの距離にある、川縁《かわべり》のアパートだった。２ＤＫで、ダイニングは十畳、部屋はそれぞれ六畳ほど。ひとり暮らしの家にしては広い気がする。

一部屋は書庫なんだよ、と教わりながら、冷気と静寂に満ちたダイニングを横切り、奥の部屋へ進んだ。

真正面にベランダへ続くガラス戸。右の壁際にベッド。左の壁際にテレビ。ＤＶＤラック。観葉植物。きちんと整頓された服、眼鏡、テレビリモコン。

〝物欲がない〟という言葉を思い出して、まるでモデルルームだ、と思った。人がいないと目で悟らされる生活感の薄さ。清潔すぎることで漂う無機質な寂寞。

すごく綺麗な部屋だね、と褒めた。何年ここで暮らしているの、と訊ねたら、先生はコートをハンガーにかけつつ、ここは今年で五年ぐらいかな、とこたえた。

いつからひとり暮らしなの、と続けて問うと、高校卒業してからだから十二年かなあ、とこともなげに言う。……十二年。俺は胸の底に刻むように受け止めた。

「あめちゃん、おいで」

浴室の前に立って手を繋ぎ合うと、長い間キスをした。先生の唇が少し離れて吐息をひとつこぼし、角度を変えて再び重なるのを繰り返す。

お腹に何度も甘痒い痛みが突き抜けて痺れて、愛しさが広がった。

「あめちゃんとキスしてる。……いやじゃない？」

「……うん。嬉しいよ」

「嬉しい？」

目を剝いた先生は、いきなり俺の唇を二度噛んで、また問うた。

「嬉しい？」

喜びと困惑を顔に張りつけている。俺が半分笑って「うん、嬉しい」と頷くと、もう一度がぶがぶ噛む。

「嬉しい……？　あめちゃん、俺とキスして嬉しい？」

「うん、嬉しいよ。先生がキスしてくれて嬉しいよ」

堪らない、というふうに先生は俺の唇を捕まえてキスを続けた。

「……あの時、時間が止まらなくてよかった」

俺の底まで巧みに浸透してくる先生と、その動きについてゆけない不器用な自分が、胸を突く刺激が、羞恥を煽った。心臓が跳ねるたび、身を竦めて反射的に先生の指を握っていたら、そのうち先生の手が離れて俺の背中にまわった。抱き竦める腕の力が増すのと同時に、唇を貪る舌も激しく、強引になる。

先生の想いが胸に響くと、心臓は余計に鼓動して、俺の体温を上げた。

「あめちゃん……愛してる」

頷いて目を開いたら目眩《めまい》がして脚が崩れそうになり、先生のシャツの背中に摑まった。

「くちが、ひりひりする」

「あめちゃんの唇、かわいくておいしいんだものー……」

「先生の、くちの味は……前の時と、同じだったよ」

呼吸を整えてこたえた俺の肩に、先生が突っ伏してぎりぎり束縛してきた。

「ああもう……好きっ。大好き。愛してる！　このままご飯も睡眠もトイレも捨てて一生キスしていられるぐらい愛してるあめちゃん！　嚙み締めて食べてしまいたいよっ」

先生の肩に唇を潰して笑いを嚙んだ。先生の右手が俺の後頭部を覆って、笑い声ごと愛おしそうに撫でてくれる。先生の幸福が沁み込んでくる。

「服、自分で脱ぐ……？」

「……。訊くってことは、脱がせたいから？」

耳元で、先生の小さな苦笑が洩れた。

「うん……シャツのボタンのひとつずつまで、あめちゃんの全部に触りたい」

「……うん。いいよ」

ふたりで服を脱いでお風呂へ入ると、先生は俺の髪と身体も丁寧に洗って喜んだ。

「あめちゃんが俺と同じ髪の匂いになっていくよ……」

「このシャンプーを使う人は、みんな先生と一緒の匂いだよ」

「違うよ。俺の使いかけのシャンプーで、同じ匂いになることに意味があるんだよっ」

「ん？　んー……わかるような、わかんないような」

　先生の価値観を奇妙に思うほど、愛情の深さを実感した。俺は恥じらいを殺して冷静さを保つのがやっとで、子どもだと痛感するからこそ、先生の望むことは全部受け入れた。

「あめちゃん、恥ずかしい？」

「うん、少し」

「そうか。……俺も同じだから大丈夫だよ。安心してね」

　うんと繰り返しながら、この人は本当に優しいな……と胸に灯った甘い感慨にふける。

　浴槽へ浸かると、先生が俺を背後から抱き締め、肩先が冷えないようお湯をかけて撫でてくれた。俺は先生の胸に寄りかかって目を閉じ、その大きな掌の動きを心の中で辿った。

　ぱたんぱたん、とお湯に波紋を広げる水滴の音が恋心まで落ちてきて、ライトの橙色が温かすぎて、ここまで酷く長い旅をしてきたような、じんわりした充足感と安堵感を抱かせる。

　先生が辿ってきた孤独な道程は、果たしてどれほどの長さだったのだろう。

「……先生は、どんな人が好きだった？　好みとか……単純に知りたいだけなんだけど」

「好み？　んー……ぺったんこのおっぱいで、年下で天然でかわいらしい、あめちゃん」

「俺じゃなくて……」

「わからないよ。あめちゃんが初恋だから」

「恋愛抜きでよくて、テレビとか観てて、はっと視線が奪われるような容姿の人だよ？」

「このあめちゃんの耳のかたちとか、髪質とか、うなじのライン、肩幅の狭さ、腕の細さ、指の仕草、頬の柔らかさ、唇の味、なにもかも好き。完璧な理想通りの子だよ」

時間潰しのような些細な会話の中でさえ、互いの間に他人の影を差し込もうとしない先生。

……これからずっと、この人が俺の傍にいてくれるのか。

肩を撫でる先生の手を摑んだ。好きだと想いつつ、きつく握り締めた。

五分後、お風呂から上がると服を借りて髪を乾かし、コンビニで買ってきたサンドウィッチとジュースをふたりで食べて涼んでからベッドへ腰掛けた。

先生が灯りを消すと光はベッド横のガラス戸の向こうでぼうっと輝く街灯だけになり、青いカーテンが濃藍色に変化して、海の波のように揺れた。闇の降りる室内に、藍色の影と静寂。

「……深海魚になった気分」と呟いたら、右横に腰掛けた先生が眉を下げて喉の奥で笑い、俺のこめかみにくちづけた。俺も先生のくちに唇をぶつけてこたえたら、先生は互いの頬を擦り寄せてごろごろ甘え、「あめちゃんにキスしてもらった……っ」と、喜んでくれた。

「先生、キス好きだね」

「ずっとしたかったから」

「俺、初めてでよくわからない。どうしたら、うまくこたえられる?」

俺の指先が先生の頬に触れたのと同時に、先生の表情に哀愁が広がる。

「……あめちゃんが俺を好きになってくれれば、自然と出来るようになるよ」

ム、と怒りにまかせて先生の唇を噛むと、小さく吹き出した先生は俺の背中を引き寄せてゆっくりと慎重にベッドへ横たえ、また唇の先に一瞬だけのキスをくれた。
それから向かい合っておしゃべりした。先生は俺の手の甲にくちづけたり、髪を梳いたり、互いの頬の柔らかさや、掌の大きさを比べたりする。

三十分近くそんなじゃれ合いを続けて、なんできちんとセックスしないんだろうという疑問が、繰り返すキスの合間に溶けて消えそうになった頃、先生が俺を腕の中に抱き込み、

「……あめちゃん。俺の身体、慣れてきた？」

と囁いた。

「え……？」

「男の俺の身体、平気そう……？」

全身に雷のような衝撃が走って心臓が一気に縮み、愕然として言葉も出ないまま、涙だけがほろと一粒左目からこぼれた。先生の掌が俺の後頭部を覆い、引き寄せて髪にくちづける。

震える唇を先生のパジャマに押しつけて目をきつく瞑り、自己嫌悪した。

……どうして気づかなかったんだろう。先生がお風呂に入りたがった本当の理由。明るく笑って俺を和ませてくれながら、俺が〝やっぱり男は無理、同情だった〟って我に返る可能性を覚悟していた時間。

なんで忘れていたんだろう。先生が俺の人生を歪める事実に、負い目を感じていること。

自己評価が極端に低いこと。俺の幸福を、なにより望んでくれていること。

「大丈夫だよ、先生。抱き合うのって、気持ちいいね」

「気持ちいいと思ってくれる?」

「ん。先生の大きな手とか胸とか、温かいよ。キスしてもらうのも、柔らかくて気持ちいい」

「いっぱい気持ちよくしてあげたい。……幸せにしてあげたい」

「うん……先生が男でよかったよ。俺も幸せにしてあげたいよ」

先生が俺の頭を抱え込んで抱き竦める。腕が力の限界までぎりぎり締めつけて震え、身体に食い込んできたけど、痛さも受け止めた。先生の中で溢れる想いが全部欲しかった。

「あめちゃんに無理させてないって信じていいかな。……もうだめ。黙ってさらいたい。明日も明後日もキスしたい。卑怯だけど離せない。いつかでもいい。俺を好きになってください」

「そんな……なんで、先生はそんなに自分に自信がないの?」

「俺は他人から逃げて我が儘放題生きてきた人間だよ。心から愛したものを失う真の痛みも知らなければ、守るために足掻く苦労ゆえの至福も憶えたてだ。足りないものが多すぎる」

臆病さと真摯さは、ともすると紙一重なのだろうかと思う。

「……俺の好きな人の悪ぐち、言わないでよ」

苦笑して背中を撫でてあげると先生の腕が緩んだので、顔を上げた。海底のような闇の中で先生の苦渋に歪む瞳に浮かぶ緩い光を見つめ、自分の言葉がいかに少なかったか反省する。

「俺にはね、先生が海みたいに見えるんだよ」

「海……？」

「一緒にいると心がしんとなる。すごいなあ、かなわないなあ、ずっと見ていたいなあって、しんみり落ち着く。何度も救われた。俺には先生が必要だよ。生きていくのに一番必要だよ」

……ぱく、と唇を食べられた。もどかしく弱々しいぐらいに俺をはむ先生の唇が、好きだよと囁いてくれているのがわかる。泣きそうなことも。

「……胸が苦しいよ、あめちゃん」

好きだって叫びたくなったから先生の唇を吸った。羞恥も稚拙《ちせつ》さも無視して、慰めたくて想いを届けたくて知ってほしくて、もうひとりじゃないんだってわかってほしくて噛んだ。

無言のうちの心の交換。……あ、これだ、って我に返った。先生はマニュアル通りの上手なキスが欲しいんじゃない。下手でも失敗でもよくて、先生を欲しいっていう俺の衝動を感じたかったんだ。

「キス、しかた……わかったよ、先生」

こたえるかわりに、先生は唇を重ねたまま俺の手を握り締めた。

子どもみたいな先生。俺を救いたいと本気で想ってくれる先生。甘えたがりなのに、必ず自制して俺の感情を優先してくれる先生。

……先生といたい。俺だって先生を大事にしたい。

俺の上へ身体を重ねた先生が、「ここにもキスしていい？」と右の首筋に触れた。頷きながら先生の右肩に顔を隠すと、先生は唇を寄せて軽く吸ってから「いやじゃない？」と、また訊く。もう一度頷いてこたえると、次は少し長めに吸って、舐めて、背中をきつく抱き寄せる。長袖シャツの中に、先生の右指が入って肌に触れる。

くすぐったくて全身が火照《ほて》って、気を抜くとすぐに暴れたいような、笑って雰囲気を変えてしまいたいような、猛烈な焦りが押し寄せてきて喉を詰まらせた。

下唇を嚙んで呼吸を押し込め、懸命に耐えていたら「あめちゃん。声、出していいんだよ」と頭を撫でて宥めてくれる。

「声って……どんな声？」

「あんあんって」

そんな自分、しらない。

「あんって言うのは、女の子でしょ……？」

「なら、あめちゃんの好きな声でいいよ。おぅ！　でも、うぃ〜、でも」

「……ふ、はは。それじゃ酔っぱらいだよ」

身体の強張りがほぐれていく。先生も嬉しそうに俺の頰をつねり、胸に唇をつけた。

「どんなふうでもいいんだよ。あめちゃんを辱めたいんじゃないし、我慢させて苦しめたいわけでもない。俺があめちゃんに触れてるって、教えてほしいだけなんだよ」

「先生が、俺に……」

「俺が間違いなくあめちゃんの傍にいて、あめちゃんが俺を感じてるって教えて」

先生の指と舌が俺の胸や腰を丁寧になぞる。傷つけないよう大事に。俺が俺だと確かめるようにやんわり撫でる。

教わった通り緊張を吐息と一緒に洩らして、喘ぎ声のかわりに、先生って呼んだ。

切れ切れにきちんと。何度も。ここにいるよ。先生のあったかい手、感じてるよ、と仕草で叫んだ。

……ベッドの下に服が全部こぼれ落ちて、先生の身体がじかに重なると、温かさが増した。

俺の感情の変化に合わせて先生は愛撫の強弱を巧みに変え、胸やお腹を辿って身体の奥底へ指先を埋め、俺がびくりと身を竦めれば、手を止めて落ち着くまでキスをしてくれた。

「……指も痛い？」

「う、ぅ……へ、ぃき」

「平気な顔してないよ」

「いい……最初は、痛いんだよ。我慢しないと、いけない」

「いけなくない。もうよそう。ゆっくり慣らしていこうね」

「い、いやだ、やめないで。先生を、気持ちよくしたいっ」

「おかしなこと言うね。俺はあめちゃんの辛そうな顔をずっと見てるのは、苦痛でしかたないよ。泣きたくなる。なんにも気持ちよくない。拷問だ」

「けど、」

「俺を幸せにしてって頼んでるんだよ、あめちゃん。痛いならいやだって言ってくれないと困る。せっかくあめちゃんと抱き合えたのに、独り善がりな快楽じゃなんの意味もない」

驚いた。驚いたら涙が出た。目を見開いたままほろほろ涙をこぼすと、先生は苦笑を洩らして、泣かないで、と抱き寄せる。胸がぎぃぃと絞られて愛しさが溢れ、また涙になった。

心が暴走していてもたってもいられなくなり、先生の首に両腕をまわしてしがみつく。

「先生は、優しすぎるよ……っ」

「そうかな。あめちゃんだって痛くなるのを覚悟して、今夜俺の家へ来てくれたんじゃない」

先生が俺の頬に歯を立てて涙ごと噛んだ。俺を縛る先生の力強い腕が、額を撫でてくれる指先が、頬を包んでくれる掌が、熱い胸が、声が、俺の感情も身体もすべて愛情で覆い尽くす。

朦朧《もうろう》とした視界に先生を捉えると、ひとりじゃないことを知った。少し疲れて、ぼんやりする俺の鼻先を舐めて額を擦り寄せ、甘えながら、んふふふと頬を緩める先生。

「……へんな笑い。へんたい笑い」

「へんたいでいいよ。今夜はあめちゃんの千歳飴を食べて満たしてあげるね」

「食べ物じゃ、ないよ」

「あめちゃんのこっちのおくちに、俺の太巻きを食べてもらうのはいつでもいいよ」

「太巻きほど、大きくない……」

「俺が突っ込んでほしい箇所をことごとく外してくる天然なあめちゃんを、宇宙一愛してる」

身体を開いて先生の視線が自分すら知らない箇所をなぞるたび、本当は羞恥心が燃えて灰になりそうだった。でも俺自身が汚い、未熟だと思って隠してきた部分を先生の指先やくちが愛おしむように撫でてくれると、そこにぽうっと自信が芽生える。

俺の全部を先生は好いてくれるんだという安堵と衝撃が、胸の中で竜巻のように渦巻いて、強烈な幸福感が意識を揺らす。

「先生……なんか、涙が出る。俺は、生きていていいんだなって、思って」

「当たり前だよ。いてくれないと困る」

他人が自分の存在を肯定してくれるのは、言葉では表現しようのない絶対的な至福だった。生まれてきてよかったんだと肌の表面から心の底から実感する。……これがセックスなのか。

先生が離れると、俺も体勢を変えて懸命に気持ちを伝えた。初めてで下手だったけど先生は勉強を教えてくれた時と同様に、笑ったり責めたりせず俺が訊ねればこたえるだけ。俺のしたいようにさせて、そのめちゃくちゃな行為に込めた精一杯の想いを余さず受け止めてくれた。

……長い長い、幸せな夜だった。

「もう三時だよ、あめちゃん。朝がくるのははやいね」

「眠そうな顔して、なに言ってるのー」

眠ってしまうと声が聞こえない。顔が見えない。それがいやで、先生もいやだと想ってくれているのがわかって、いつまでも撫でたりつねったりキスしたり嚙んだりして、笑っていた。

「俺はね、もうあめちゃんがいないとだめだよ。息が出来ない」

「ン……」

「俺のこと、嫌いになっても傍にいて。大嫌いになってもキスして。大大大大大っ嫌いになったら、その時はちゃんと〝ありがとう〟って、別れてあげるから」

「老人ホームは……？」

「努力する。その夢はずっと大事にするけど、無理強い出来ない時もあるだろうから」

たったひとつでも揺るがない明確な安堵があれば不安など抱かない。俺に出来るのはただ、先生を好きでいることだけだ。

「先生。……俺も、夢が出来たよ」

「夢？」

「先生はおじいちゃんになってもきっとへんで、剽軽《ひょうきん》で優しくて、飄々としてるのに頼りがいがあって……俺を宇宙で一番愛してくれるだろうね。俺はね、その姿を見たいよ。しわくちゃになって、それでも太巻きだーとか言ってるおじいちゃんを、見たいよ」

先生の頰を右の掌で撫でると、瞳から涙がこぼれてきた。

「……先生は、いきなり泣くね。顔を歪ませたりしない」

「出るものはしかたないから」

「そうか……無理に我慢しようとしないから、いきなりこぼれるんだ」

なきむし。そう呟いて、泣きぼくろの上の涙に触った。

「俺を看取るって言ってたけど、その瞬間も、先生の涙を拭ってあげるよ」

……うん、お願いね、と囁きながら、先生は俺を抱き寄せた。温かい腕で、胸の深くまで俺を包んで、髪をゆっくりゆっくり梳く。ひとつひとつ、一本ずつ、どれもぞんざいに扱ったりせず全部に愛してると囁きかけるように、想いを沁み込ませるように梳く。

「あめちゃん。……俺が触っているの、わかる?」

「うん。わかるよ」

「抱き締めているの、わかる?」

「うん」

「愛してるの、わかる?」

「……わかる」

やがて室内に鈍い朝日が差し、ガラス戸の外に広がる空の色が濃藍から薄い群青になってきた頃、先生が「一緒に夜明けを見ようか」と、誘った。

ふたりで裸のままガラス戸を開けて、冬風に身震いして、毛布毛布っ、とはしゃいで笑い声を殺して、周囲をうかがいつつベランダへ出る。先生は毛布をマントみたいに肩にかけて俺をうしろから抱き竦め、腕と毛布の中にくるんでくれた。

世界が蒼い。流れる線を描く細い雲も、澄んだ空気も。先生の柔らかな声も。

「……俺、月曜日の朝って小学生の頃から嫌いでね。眠っている間に月曜日になっているのが耐えられなくて、いつも起きてるんだよ」

「寝ないの？」

「寝ないよ。徹夜して朝焼けを見てる。始まるのをじりじり覚悟する。だから月曜日の朝焼けは真っ暗に見えた。どんなに綺麗でも暗い。霧がかった、鬱蒼《うっそう》とした森の中にいるような感じ。木々に囲まれているせいで、光がいつまでも入ってこない」

「……ん」

「怖かったんだよ、自分の人生が無駄に続いていくのが。上手な絵を描いて生きた証を残すでも、歌をうたって誰かを感動させるでもなく、漂うことしか出来ない。生きれば生きるほど自分には価値がなくて空っぽだって思い知るだけなのに、時間は止まらず始まりを繰り返す。……でもそれがね、あめちゃんに出会ってから変わったよ」

「俺に？」

「うん。あめちゃんに会いたくて、一日が始まってあめちゃんとの時間へ届いてゆくって思うと、きらきらして見えた。あめちゃんの笑顔を想い出すと、太陽が燃えるように綺麗に鮮やかに輝いて見えた。あめちゃんが、俺の命の理由になったんだよ」

命の……、と俺が復唱すると、先生は俺の左頬に顔を寄せて苦笑した。

「あめちゃんが、模試の結果が悪くて『価値がなくても好きなんて想うの』って泣いた時さ、焦れたのと同時に、自分が長い時間彷徨《さまよ》ってきたのは、あめちゃんを救うためだったのかもって思ったよ。それから、俺があめちゃんにとって価値あるものになりたいって欲も持った」

……俺は先生と初めて会った春の夜のことを想い出した。あの帰り道、夜桜がやけに綺麗に見えたのを憶えている。それまで〝大学に受からなかったらどうしよう〟〝勉強だけに心を縛る一年は苦しいな〟と鬱《ふさ》いで地面ばかり睨んで鬱積を燻《くすぶ》らせていたのに、先生と知り合って衝撃を受け、気が抜けた途端、周囲に広がる情景を眺める余裕が生まれた。

わくわくした。そわそわした。そうしたら、街灯の横で春に降る雪と見紛うぐらい幻想的に舞い散る夜桜が、酷く美しく鮮明に見えた。

「月曜日まで、先生と一緒にいるよ」

「え……」

「学校も冬休みだから。先生と一緒に、月曜日の朝焼けを見る」

また先生の瞳から光の粒が落ちた。毛布に丸く染みて、沈んでいく。

「……なんで泣くの、先生」

頬を擦り返して問うた。涙の屑はきらきら落ち続けた。

「あめちゃんがここにいるんだって、実感したんだよ」

目を閉じて先生に寄り添い、朝の微風を吸って胸の奥で炎のように揺れる甘苦しい愛おしさを心で見つめる。先生も俺を抱く腕を整えて強め、くすぐるように耳たぶを舐めてくれた。

「あめちゃんは、鴇色《ときいろ》ってわかる……？」

「ときいろ？」

「あの空。桃色に滲んでいるでしょう？　鳥の鴇が空を飛んで、太陽の光に白い羽根の根元が透けるとああいう淡紅色《たんこうしょく》になる。だから鴇色。……昔はなにも感じなかったけど、あんなに綺麗だったんだなあって、今はすごく感動してるよ」

先生が指さした方に、昇り始めた太陽の光の帯を浴びた橙色の雲と、桃色の影が広がっていた。黄金色の朝日は少しずつ、町を覆う夜の藍色を薄めてゆく。

「……うん。俺にも見えるよ。とても綺麗だよ、鴇色」

こたえながら、自分の肩にある先生の手に掌を重ねた。

先生は毎週ひとりで、こんな朝焼けを見ていたのだろうか。

どんな孤独の中で、どんな寂寥の中で、どれほど深く俺を想ってくれていたのだろう。

「先生」

「……なに？」

「俺も、愛してるよ」

この人を二度とひとりにしない、と心の中で誓った。

先生が手を握り返して俺の思慕を包み込む。先生は黙っていた。黙っていたけどわかった。幸せだと想ってくれていること。愛してる、と胸の底から幾度も囁きかけてくれていること。

そして俺達が部屋へ戻って眠りについた頃、白い光のもとで町が目覚めて一日が始まった。


俺達は動物園へ行った。水族館と、プラネタリウムも。

「先生……外で手を繋ぐと、みんな見るよ」

「どうぞどうぞ、見せてあげればいいよ。俺はあめちゃんを恥じたりしない。世界中に自慢して歩きたいもの。この子俺の恋人なんです！　こんなかわいいいい子が俺の恋人なんです！」

「せ、先生、だめっ、ばかっ」

雨の日や暑い日など、どこへも行きたくない時は、一日中先生の家にいた。ご飯を食べて、DVDを観たり本を読んだり、キスしたり。

クリスマスやバレンタインやホワイトデーも、企業の策略通りにしっかりこなした。シャンパンを開けてチキンを食べて、トリュフチョコの甘さに感動して、飴玉をくちの中で交換した。

そして月曜日の朝は、毎週必ず朝焼けを見た。先生がいつも眠そうだった理由を知るとともに俺も月曜日のあくびの回数が増えてしまって、その都度〝先生も今頃あくびしてるかなあ〟なんて想い出すから、なんだかくすぐったい。

大学生になってひとり暮らしを始めたら、先生の家で過ごす日がさらに多くなった。

平日は先生が午後から仕事へ行くので活動時間帯が合わないけど、出来るだけ通って少しでも会い、週末は泊まって、月曜日の朝まで一緒にいる。

「あめちゃん。俺は気づいたら、綺麗な夢を忘れていたよ」

「綺麗な夢……？」

「よく予知夢だとか言われるでしょう？　色鮮やかな夢。俺は物心ついてから夢すら見ないのがほとんどで、色つきって想像も出来ないぐらい記憶の彼方だったけど、昨日久々に見た」

「どんな夢だった？」

「寝ているあめちゃんの布団にこっそり入って、抱き締めて一緒に眠る夢」

「あはは。せっかく予知したのに、普通だ」

「……うん。でもね、こう……花の香りを嗅いだ時みたいにさ、幸せの余韻がすぅっと身体の奥まで入って広がったままのほうけた気分で目覚めたら、横にあめちゃんがいてさ……すごいことだよあめちゃん。普通ってすごいことだよっ。自分の生活の中にたったひとりの大好きな人が普通に存在して寄り添っていてくれる現実は、尊い奇跡だよ！」

「先生。そんな、俺まで夢とか遠くの人みたいにしてしまわないでよ」

「……。わかった。そうだね。あめちゃんはここにいるんだもんね。ごめん。——愛してる」

一回だけ、先生が起こしてくれなかった日があった。太陽が半分以上姿を現した頃に目覚めて、はっと飛び起きたら、先生はベランダでひとり朝焼けを眺めていた。細めた目が朝日に浸って鈍く輝いていた。酷く寂しげな横顔だった。昼が優しく微笑んでいるから余計に。

「起こしてよ！」

「あ、あめちゃんが気持ちよさそうに寝てたから、悪いと思ったんだよ？」

「だめだよ、起こしてよ！　約束したじゃんか！」

それが初めての喧嘩だった。腹が立ってしかたなくて、朝ご飯中も登校する時もくちをきかなかった。……先生が何回も電話してきてくれて、夜にあっさり仲直りしたけど。

『ごめんね、あめちゃん。……ごめん』

「……ううん。本当は寝ていた自分に一番腹が立ったんだよ。八つ当たりして、ごめんね」

『そっか……あめちゃんの気持ちは嬉しいけど、無理しなくていいのに……』

「無理じゃない。俺はね、先生にあんな寂しそうな顔をさせたくない。二度とひとりにしないって、最初にふたりで朝焼けを見た時に誓ったんだよ。……だから起こして。俺が寝ていたら今度はひっぱたいて、絶対に起こしてね！」

先生はいつも俺を想っていてくれた。一瞬もよそ見したりしない。真っ直ぐ俺だけを見て常に想いを晒して、会えなくても毎日必ず電話やメールで〝愛してる〟と言ってくれた。

「あめちゃん。俺は最近、テレビでラブソングを聴いたり、映画を観たりするだけで、あめちゃんを想い出して、哀しくなったり切なくなったり、幸せになったりするよ。自分に心が出来たんだって実感する。あめちゃんが俺の死んでいた心を目覚めさせてくれたよ。ありがとう」

「……うん」

「あめちゃんは、ひとりでいる時に俺のこと想い出してくれたりする?」

「するよ。大学の教授より、先生の方が勉強を教えるのがうまいなあって」

「えー、そんなのじゃなくて、もっときゅんとすることがいいなあー」

「きゅん? んー……好きな曲が出来ると、聴かせてあげたいなあとか、おいしいものを食べると、食べさせてあげたいなあとか思うよ」

「本当? じゃあ次は教えて。全部聴く。食べる。あめちゃんの気持ち、ちゃんともらうよ」

「うん……わかった」

先生のおかげで、俺は友達が恋人の携帯電話を盗み見たり、嫉妬して責めたりする感覚に、一切共感出来ないほどだった。みんなキスの数も〝愛してる〟を告げる数も少なすぎるんだと当たり前のように思う。で、すっかり幸せボケして、自分達がバカップルなんだと自覚した瞬間、うわーと驚いた。驚いたけど、いいやって思った。

身体をきちんと結び合えた夜のことも忘れない。

「あめちゃん、痛い……?」

「うん……少し。でもいい。やめないで。指だけは、もういやだ」

「焦らなくていいよ、やめよう」

「ちがう。俺が、欲しいんだよ。先生のこと、自分の中でちゃんと、感じたい」

「でも、」

「痛くていいっ。痛いのも、いいから。先生なら、どんなふうでも、いいから」

「……わかった」

痛いかと問うのをやめた先生が俺の名前を繰り返し呼んで、俺が顔を歪めればくちづけて宥めて、けど身を引くことだけは決してしないで、欲しいよ、俺も愛してるよ、と心を打ちつけてくれる。そのたび至福が確信となって、心の底に幾重にも重なり、目眩がした。

この人と一緒に生きているんだという実感が溢れ出して涙になった。こんな幸せが汚いはずない。俺達の関係はなにも間違ってない。間違いだなんて誰にも言わせないと、そう思った。

でも俺は普段、先生が「愛してるよ」と告白してくれても酷く照れて「うん」としか言えず、〝俺も愛してるよ〟と、こたえられたためしがない。くち下手な分、料理を勉強したり、掃除洗濯をしたりして尽くした。一緒にいれば先生が出勤する時は、必ずキスをして見送った。たった一日でも会えないとなると、先生は俺の家まで送りに来て、アパートの隅の街灯の横でいつまでも抱き締めて、名残惜しんでくれる。

「愛してるよ、あめちゃん。明後日また会おうね」

「……うん。大学、テストが終わったら、先生の家へ真っ直ぐ行くよ」

「ん。あめちゃんは俺の半身だよ。離れていると身体が半分ないみたいにがちゃがちゃに崩れちゃうから、忙しいのが終わったらまた傍にいてね」

「うん。……がちゃがちゃ？」

「もうね、授業してても脳ミソがとろーってこぼれてる。シャーペンも手からぽろぽろ落ちるし、落とすと中の芯まで折れるから短いのばっかりになって、あああってなるよ」

「あははは。だめ先生が、余計だめだめだね」

「だめだめだよー……それだけ幸せなんだよ。あめちゃんが大好きなんだよ」

動物園へ五回目に行った時、携帯電話で先生の顔をこっそり撮った。すいすい水の中で飛ぶペンギンを見て微笑する横顔。俺達は写真を現像して想い出をアルバムにしまうようなことをしなかったから、携帯電話の中に一枚だけ大事に保存した。

暖かな春。花火を見た夏。予備校で過ごした時間を振り返りながら季節をなぞっていると、日々はさらさら過ぎていった。でも先生は変わらない。

「あめちゃん、見て」

「……モミジ？」

「今日、歩いていたらはらはら落ちてきたんだよ。綺麗な赤でしょ？　あめちゃんにあげようと思って、空中キャッチしたよ。ぱしっ！　と」

「本当～？」

「ほんとうほんとう」

「嘘だー。あははは」

「うふふ。……はい。あげるよ。傷つけないように本に挟んで持ってきた」

「……うん。ありがとう、先生。嬉しい」

ただひとつ大きく変化したのは、先生の予備校での人付き合いだ。

先生は歓送迎会にもちゃんと顔を出すようになった。最初の頃は「疲れた～」と帰ってきて朝まで酷く甘えたけど、最近はそんなこと言わない。

「……お酒呑んで話してみるとさ、案外みんな同じようなことに悩んでた。ほら秋津先生。彼女も〝笑いたくもないのに愛想笑いするなんて、当たり前ですよ〟って、教えてくれたよ」

「あはは。大人の世界だ～」

「〝秋津先生っていい人ですね〟って言ったら殴られた。さばさばしてて男っぽいよあの人」

「興味持つのが遅すぎたね」

「でもいい友達になれた。秋津先生もこの間彼氏が出来たらしくて、にやにやしてる」

「大人の関係だ～」

「自ら寂しさに埋もれたがる人間なんていないんだよね。知ろうともせず逃げていた自分が情けない。あめちゃんのおかげだよ。俺はあめちゃんの恋人として恥ずかしくない男になるよ」

「うん……。俺も今度また予備校に遊びに行って、秋津先生と話してみようかな」

愛情に果てがないことを知る。いくらでも想いが胸に柔らかく沁み込んでゆくのがわかる。

「ところで、俺はいつまであめちゃんの先生なの？」

「え？　……呼び方のこと？」

「そう。そろそろ先生は卒業したいなー」

「〝先生〟に慣れすぎて、気恥ずかしいよ。……匡志、さん。とか？」

「さん、の距離感がいやだ。呼び捨てがいやなら、あめちゃんも俺にあだ名をつけて」

「あだ名ー？　うー。うー……。た、たっちゃん？　わ、わあっ！」

「こら、じたばたしない。下の階の人に響くよ」

ベッドの上で暴れる俺を、先生が抱きとめて笑い、続ける。

「名前だけに拘らなくても、名字も使って恥ずかしくないあだ名をつけていいよ」

「んー……能登、のと、匡志、ただし……のと、のん……のん、た……ん。のんたん！」

「あっははは、かわいい」

「やっぱり〝先生〟でいいよ……それも今となってはあだ名だもの」

「えー。親しく呼んでもらうと、あめちゃんの傍に来られたって実感するのに〜。身体だけじゃなくて、心がすぐ傍にぴったり寄り添ってるって感じられるんだよ？」

「うん……」

「照れ屋ー。……いつか呼んでほしいな。名前でもあだ名でも」

「じゃあいつかね、いつか！」


大学二年に進級する頃から、友達の間で海外留学の話題が出るようになった。

説明会に出席してみたらイギリスにある大学の研究内容やそれに対する評価にいたく惹かれ、翻訳家の夢と英会話への求知心が相まって俄然興味を持ったけど、もし決定したら十ヶ月間は海外で過ごすことになる。先生に相談すると、言わずもがな手放しで喜んでくれた。

「いいチャンスじゃない！　学びたいっていう気持ちは大事だよ。それを我慢する必要はまったくない。大学でバックアップしてくれるんだから、大いに利用しなさい」

留学が決まったとしても、準備期間にはだいたい一年ほどを要す。

春、俺は若干の迷いを持ったままひとまず応募した。すると学内選考が通って、あれよあれよという間に出願、留学先の受け入れ決定、ビザ申請……と進み、九月に渡英が確定した。

「先生は遠距離になっても、なにも怖くない？」

「なんで怖いの？　俺は変わらないよ。あめちゃんが変わっちゃう？」

「変わらないよ。俺も先生が好きだよ」

「なら問題ない」

勝手だけど、先生の笑顔に深憂の影すらないのが少し不満だった。先生が俺のくちを人差し指で軽くつついた瞬間、自分が唇を尖らせて仏頂面をしていたことに気づく。

眉を下げて、照れと喜びを交ぜた苦笑を洩らす先生。

「大丈夫だよ、あめちゃん。俺達は生きているんだから、距離があったって会えるじゃない。会いたくなったら飛んでいくよ。寂しい時は電話する。今までと変わらない。変えない」

「……。身体、がちゃがちゃにならないの」

「なるよ。なるけど、あめちゃんが夢のために頑張っているのが恋人として誇らしいし、応援してあげられるのもとっても嬉しいよ」

屈託のない笑みを広げる先生の両頬をつねり、「いたたた」とさらに幸福そうに綻んだ顔に自分の唇を寄せ、キスをしてベッドに押し倒して馬乗りになった。

「重たい重たい、あめちゃんくるしーっ」

「苦しいぐらい俺の重みを感じなさい！」

はしゃいで笑って身体をくすぐり合って、また笑ってくちづけで反撃して、転がって脚を絡めて、そしてきつく強くぎりぎり先生の身体を抱き締めた。先生の匂いが胸いっぱいになる。

「……ありがとう、先生。勉強、頑張ってくるよ」

「ン……」

先生と付き合い始めて、約一年と八ヶ月が経過していた。

その後、実家から来てくれた母さんがカリカリ怒りつつ渡英の荷造りを手伝ってくれ、慌ただしい日々を過ごした。父さんは電話で『頑張ってこいよ』とひとこと。シンプルだけど、普段くち数の少ない父さんが電話をくれること自体、事件に近い。両親も先生も、みんな俺の我が儘を許し、応援して見守ってくれているのだと痛感し、喜びと緊張を噛み締めた。

ひとり暮らしの部屋も引き払って、出発前日は先生の家で過ごした。いつものように一緒にご飯をつくって食べて、笑いながらテレビを観て、服を脱がし合ってお風呂へ入ったら、それからずっとお互いの身体のどこかに触れて離れないでいた。

ベッドでも照れるのをやめて、「愛してる」と告白を繰り返した。いっそ喉が千切れるまで今の想いの限りを伝えきっておきたいと思って、「先生、好き」と呼び続けた。

ほとんど毎日のように会っていたから、十ヶ月もの別離はあまりに未知すぎた。

「日本食、恋しくなるかな」

「なっても、へんな太巻きは食べちゃだめだよ」

「……うん。先生のしか食べないよ」

冗談を言って笑い合うと、次第に寂しさが膨らんでいった。でも俺はどうしても、自分が学んできた外国語っていう魔法の呪文で感じられる、異国の独特な文化や価値観に触れたかった。テレビの四角い画面から発せられる策略や憶測や主観に基づいた情報に満足して諦観するんじゃなく、自らの体験でもって世界を広げたい。そしてその積み重ねが翻訳家を目指す上できっと感性を豊かにする役にも立つと信じていた。

大学へ入学してからも先生の恋人として恥じない人間になりたくて、こつこつ勉強を続けたからこそ、ここまでこぎつけた。先生が全身で喜んで、力強く背中を押してくれる気持ちがどうしても嬉しかったし、その分もっと成長してこたえたい。

「俺ね、スラングとかいっぱい憶えたいんだ」

「おー……天然あめちゃんの面白発言きた」

「面白がらないでよっ。日本語だってさ〝みたいな〟とか〝的な〟とか〝ちょべりばー〟とか日々かたちを変えていくでしょう？　そういうリアルな言葉に触れたいんだよ」

「アメリカ英語よりイギリス英語の方が丁寧だって聞くけどね」

「へっ。京都《きょうと》で〝どすえ〟とかいう感じかな？　すっごく知りたい！　なんでも知りたい！」

「ああ、京都の言葉は本当に美しいよね……って、突っ込みこぼしたくないから言うけど〝ちょべりば〟は、さすがに死語どすえ」

「うっ。い、いいの！」

昔ほど恥ずかしいと思わなくなった。指や舌や胸を吸ってもらっても、腕や下腹や脚を舐めてもらっても、気持ちいいよとこたえられたし、俺も先生の身体を自分のもののような感覚で撫でられる。引き寄せて嚙んで「いたい」と反応が返ればイタズラっぽくにやけて、仕返しに乳首を強く吸われたら「いや」って先生の髪を引っ張って身をよじって笑ってじゃれ合った。

〝自分の半身〟という先生の言葉の意味がよくわかる。脚を絡めて指を繋いで、舌だけで会話を交わして溶け合うと、懐かしいほど至極当然な場所にいる実感に包まれて、俺達は互いの欠片の一部なんだと理解する。俺は先生がいないと極彩色の幸福を描けない。先生の幸せにも自分が必要。その確信がまた至福として胸に埋まって愛情になる。

「年末には、あめちゃんのところへ会いに行くよ」

「うん……でも無理はしなくていいよ。タダじゃないんだもの」

「こら。無理ってなに？　俺にとってなにが無理か、説明しないとわからない？」

「……。ごめん。俺も夢は大事にしたいけど、先生と離れたいんじゃない。会いたいよ」

手を繋いで寄り添って天井を眺め、これまで重ねた想い出を振り返った。

予備校で初めて会った日のこと。停電になった日のこと。先生が告白してくれた日のこと。模試の結果が悪くて落ち込み、電話で励ましてもらった日のこと。夏の花火。動物園のフンボルトペンギン。水族館のマンボウ。プラネタリウムのオーロラ。毎週見た、月曜日の朝焼け。

「俺が帰国したら、同じ携帯電話に変えよう」

「ん？　一緒に機種変更するの？」

「うん。うまく言えないけど……先生との新しい時間の始まりみたいになると思って」

「……そっか。わかった、いいよ。俺も頓着しないで使い続けてたから、いい機会だよ」

やがて会話は自然と途切れた。腕枕してくれている先生の左腕が温かい。時々、外で車が通り過ぎると、ブロロロという騒音とともにライトが天井を横切る。

ふたりでいる夜を黒いと感じたことは一度だってない。ほのかな濃藍色で、耳をつくような静寂が常に呼吸している。

なんて心地いいんだろう、と思った。横にいる先生の鼓動を聞く深夜。朝までの刹那。

当然すぎて近すぎて、愛される貴重さも掌を眺めて確認しなければ忘れているほど馴染んでしまったし、自分でしか自分を大事に出来なかった頃の寂しさは、もうわからない。

酷く贅沢になった。俺達はふたりで一緒に、ひとつきりになった。

ふと振り向くと、先生はいつの間にか俺を見つめて微笑んでいた。身を寄せて、俺の右のこめかみに唇をつけて、俺の身体の上に右腕をまわし、柔らかく引き寄せて抱き包んでくれる。

「……行っておいで、あめちゃん。なにも心配いらないよ。俺はいつだってここであめちゃんを想って待ってるからね」

先生、ありがとう。先生、愛してるよ。

抱き締め返して、何度も何度も伝えた。

すぐ帰ってくるよ。先生のいるところが俺の帰る場所だよ。だから心を半分置いていく。

……寂しくさせてごめんね。俺も寂しいけど頑張るよ。会えたらまた手を繋いでキスしようね。

そして月曜日には、ふたりで鴇色の朝焼けを見よう。

先生はうんうんと頷いて、俺の髪を梳き続けてくれた。

何十回ともらったプロポーズ。指から唇から笑顔から、毎日もらった温もり。心。

全部が目に見えないものだからこそ取りこぼさないよう胸に切り刻んできたのに、なぜか不思議と、それらの熱は離れている方が鮮明になった。

……さっき残した留守番電話のメッセージ、聞いてくれたかな。こんな些細な擦れ違いさえ先生への想いを深める要素にしかならないよ。

はやく声が聞きたい、先生。俺、先生がたまに泣いてること秋津先生に聞いて知ってるよ。『千歳君がそっち行ってから、ちょこちょこ赤い目して出勤してるよー』って笑われてるんだから。うって喉が詰まったけど、俺まで泣いたら俺達の関係が秋津先生にバレるって思って必死で堪えて笑った。

会うって約束した日まで我慢するよ。先生が言ってくれたように、俺も先生を守るために頑張って、先生にふさわしい人間になりたい。

今は遠くにいて寂しくさせるばかりで、非力で本当にごめんね。

今日も好きだった。明日も大好きだよ。これからも、おじいちゃんになってもずっと、一瞬だって途切れることなく愛してます。――じゃあ、おやすみ先生。

きみの中、飴がなく

中学校の教師を務める父に、幼い頃言われた言葉が今も記憶に焼きついている。

――『自分を叱る人間に会ったら、十のことを学ぶまで傍にいて生涯感謝し続けなさい』

無知で無垢だった心にすんなり沁み込んだその教えは、半ばトラウマのように俺の人生の軸となり呼吸し続けた。ふと思い出すたび、膿《う》んだ傷ぐちのように疼く。でも意味を理解出来たことはなかった。あめちゃんに出会うまで。

「てーか、三ヶ月連絡ないって、そりゃ完全に浮気でしょ」

「ああ、浮気……そうか、そんな考え方もあったね。相楽《さがら》さん、すごいね」

年が明けて、深い冬の名残が燻る三月。

近頃、あめちゃん本人に伝えられない想いを聞いてくれるのは職場の生徒だ。特にこの相楽さんという来月高校三年生になる女の子は、テキストの問題を解きつつ、鬱陶《うっとう》しがりながらも必ず受けこたえしてくれる。やさしい。

「先生さ、あたしのことばかにしてんの？　ふつー浮気なんて一番初めに疑うとこだっつの」

「ふつー？　でも俺とあめちゃんは愛し合ってるんだよ」

「でたでた。また愛とか言っちゃってるよこの人。あ～虫唾《むしず》が走るっ。バカップル死ね！」

「ばかじゃないよ。俺達は真剣だよ？」

「ウゼッ。……ほんとT大生って頭よすぎてどっか切れてるわ」

「人間なんてみんなどこかしらおかしいものじゃない」

郵便はがき

170-0013

STAMP
HERE

東京都豊島区東池袋3-22-17
東池袋セントラルプレイス5F
(株)フロンティアワークス

Daria ダリア 編集部行

DARIA BUNKO ダリア文庫愛読者係

〒□□□-□□□□ 住所 都道府県			
	電話 (　　) 　-		
ふりがな 名前	男・女	年齢 歳	
職業 a.学生(小・中・高・大・専門) b.社会人 c.その他(　)	購入方法 a.書店 b.通販(　) c.その他(　)		
この本のタイトル			

ご記入頂きました項目は、今後の出版企画の参考のため使用させて頂きます。その目的以外での使用はいたしません。

ダリア文庫 愛読者アンケート

★この本を何で知りましたか？

A.雑誌広告を見て(誌名　　　　　　　　　　　　　　　　　)
B.書店で見て　　C.友人に聞いて
D.HPで見て(サイト名　　　　　　　　　　　　　　　　　)
E.その他（　　　　　　　　　　　　　　　　　　　　　　）

★この本を買った理由は何ですか？(複数回答OK)

A.小説家のファンだから　　B.イラストレーターのファンだから
C.好きなシリーズだから　　D.表紙に惹かれて
E.あらすじを読んで
F.その他（　　　　　　　　　　　　　　　　　　　　　　）

★カバーデザインについて、どう感じましたか？

A.良い　B.普通　C.悪い（ご意見　　　　　　　　　　　　）

★今！あなたのイチオシの作家さんは？(商業、非商業問いません)

小説家　　●どういう傾向の作品を書いてほしいですか？

イラストレーター　　●どういう傾向の作品を描いてほしいですか？

★好きなジャンルはどれですか？(複数回答OK)

A.学園　B.サラリーマン　C.血縁関係　D.年下攻め　E.誘い受け　F.年の差
G.鬼畜系　H.切ない系　I.職業もの(職業：　　　　　　　　)
J.その他(　　　　　　　　　　　　　　　　　　　　　　　)

★好きなシチュエーションは？

A.複数　B.モブ　C.オモチャ　D.媚薬　E.調教　F.SM
G.その他(　　　　　　　　　　　　　　　　　　　　　　　)

★この本のご感想・編集部に対するご意見をご記入下さい。
(感想などは雑誌・HPに掲載させて頂く場合がございます)

A.面白かった　B.普通　C.期待した内容ではなかった

ご協力ありがとうございました。

小学生の時、みんなに人気の担任教師、宇田《うだ》先生は俺のことをなにかと叱った。

〝能登クンが教科書を忘れたから、連帯責任として今日の宿題は全員倍にする〟

〝能登クンはテストの点数が最低だ。授業をちゃんと聞いていないとみんなもこうなるぞ〟

〝なんだその目は。先生になにか文句があるのか、あ？〟

教科書を忘れたのは隣の席の子だったし、俺には九十点のテストを最低だと思えなかった。

でも父の教え通り極力宇田先生の傍に居続けて叱責の意味を見出す努力をし、十のことを学ぼうとしたが、不信感がつのるばかりで結局無理だった。

わかったのは、あれが叱責ではなく嫌悪であり、友達づくりが下手で孤立しがちだった俺が宇田先生にとって気味悪い生徒だったという、身も蓋もない事実だけだった。

「つかさ、先生なんでT大に入ったの？」

「自分に価値が出来るかなーと思って」

「は？　価値？　そんな不純な動機であんな頭いーとこ選んで受かったわけ？」

「うん」

「殺したいんだけど」

「いやだよ……」

「T大行ったって、予備校講師じゃ意味ないじゃん」

「あめちゃんに会えたから、意味はあったよ」

相楽さんは視線だけ上向けて俺を睨みつけ、肩にかかる茶色い髪を右手でばさっとよけた。大人びた子だけど、丸い頬に漂うあどけなさには愛嬌がある。生徒とこうして他愛ないおしゃべりを楽しめるほど成長したのもあめちゃんのおかげだと思ったら、感謝と恋しさが増した。

思い返せば宇田先生との出来事も大きなトラウマだったのかもしれない。だが、あの不当ないじめによって自分の存在意義を模索し続けた結果、あめちゃんとの出会いが奇跡になった。だから今は宇田先生と過ごした小学校方面にも、足を向けて眠れない。

「……あのさ、先生ノロケんのやめた方がいいよ。留学先で浮気して連絡よこさないような奴をいつまでも想ってるなんて、誰が見ても虚しいだけだって」

「あめちゃんは浮気しないよ」

「だったら会って確かめてくれれば？　浮気じゃなくても事件の可能性だってあるし」

「うん……心配なんだよね。留学生の殺人事件には過敏になってる。けど特にそういうニュースはないし、実際は勉強に集中しているだけだと思うから、迷惑かけたくないな」

「はあ!?　ばっかじゃないの！　勉強に集中してるっつったって〝明日また電話する〟って言ったきり音沙汰なしって、完全におかしいじゃん」

「そうかなあ……？」

「電話しても〝この電話番号は現在使われておりません〟なんじゃなかったっけ？　今頃ベッドの上で〝オーイエ〜ス、イエ〜ス、カモォ〜ン！〟って、ぎっしぎっしヤッてるよ」

「相楽さんはロマンチストすぎるよ〜。あめちゃんは勉強するために行ったんだもの。向こうの生活が楽しくてしかたないんだよ。俺は、あめちゃんが帰国したら〝本当にごめんね〟って抱きついてキスして、にっこり笑ってくれるって信じてるよ」

「ウザッ。私もたった今ここで勉強してるんですけど!?　先生に邪魔されてるんですけど!?」

ごめんなさい……と反省して項垂れたら、自分の手にある青いシャーペンが視界に入った。

あめちゃんに〝筆記用具も持たないなんて講師としてだめ〟と叱られたあと、近所の文具店に行って購入したものだ。今ではノックボタンにひびが入って傾けた拍子に取れるし、消しゴムはぺったんこで、グリップに印刷されていた文字も消えてつるつる。クリップも何度も落としているうちに割れ、ポケットに入れても揺れて沈んでしまうが、そのすべてが愛おしい思い入れある大切なシャーペンだ。

「ねー先生……そいつどんだけかわいいわけ?」

「〝そいつ〟じゃない。〝あめちゃん〟だよ」

相楽さんがムッと唇をへの字にひん曲げる。

「あーハイハイ、あめちゃんあめちゃん。どーせメイクに騙されてんでしょ」

「あめちゃんはメイクしないよ」

「あ!?　そんなのマジ女じゃないじゃん!」

「うん」

「終わってるわ〜ないわ〜……んな奴がいいわけ?」

「そうだよ、宇宙一愛してる」

「うあーもうチョー殺したい」

「やめてってば……俺、あめちゃんを看取らないといけないんだから。約束したんだよ。俺は長生きして、あめちゃんを最後の最期《さいご》までひとりにしないって」

青いシャーペンをくるとまわして二年ほど前の出来事を振り返った。恋人になって初めてプロポーズした日だ。あのあめちゃんの驚いた真っ赤な顔ったら、本当にかわいかったな……と頬を緩めた途端、俺の肩先に相楽さんの鉄拳が飛んできた。いったたたっ。

「じゃーさ、先生がひとりになって死ぬ時はあたしがとどめさしてあげるから絶対呼んでよ」

相楽さんは奥歯をぎりぎり噛んで言い放った。頬を赤らめて、悔しげな、羨ましげな瞳で。


……フンボルトペンギン、アミメキリン、チリーフラミンゴ。

電車に乗ってシートに腰掛け、息をついた。昼の車内は乗客が少なく、向かいに赤ん坊を抱いた母親がいるだけで話し声も遠く小さい。ガラス越しの日光は暑く、頬が痛くて眠くなる。

この電車であめちゃんと出かける時は、いつも肩枕してもらっていた。恥ずかしがるけど絶対に拒絶しないあめちゃんの、林檎色に染まる耳を盗み見るのが好きだった。

……マンボウ、ラッコ、マイワシの群れ。

真っ青な空に流れる糸のような細い雲を眺めていると、あめちゃんが恋しくなった。なにげなく携帯電話をコートのポケットから出し、留守番電話のメッセージを再生して耳に当てる。

『こんばんは。仕事中ごめんなさい、先生。千歳です。えっと……――』

この電話を最後に連絡が途絶えたのは、昨年の十二月だ。それまでほぼ毎日メールや電話のやり取りをしていた。相楽さんにはああ言ったが、元気にしているか正直心配でならなかった。かといって、勉強をしに行っているあめちゃんに対してラブコールのために時間を割《さ》けと要求するのはあまりに傲慢でばかげてる。

ただ、会う約束を反故《ほご》にしたことや、携帯電話を解約したことへの事情説明がないのはさすがにおかしい。

一度、心配になってあめちゃんの大学の事務局へ行って問い詰めたけど、〝関係者以外の方にはお教え出来ません〟と突っ返された。でも、今日もう一度行って訊いてみようと思う。

「もうがちゃがちゃも通り越して骨までぐにゃぐにゃだよ、あめちゃん……」

……季節の星座、流星、オーロラ、月。

あめちゃんと過ごした日々は、それこそ星屑のようにきらきら輝いて俺の胸を温める光だ。

優しくて強くていい子で、自分にはもったいない人だと心底思う。付き合い始めの頃など、俺があと先考えず高級料理店へ誘い続けて瞬く間に経済難に陥り、困り果てた月半ば、

『先生。俺、先生のうちの傍にある中華料理店へ行きたいよ』

と唐突に、あめちゃんが提案したことがあった。

俺が頑なに割り勘を拒んでいたせいだろう。そこは料理の値段を訊くのも野暮な外観の古びた料理店で、おじいさんがひとりで経営しており、テーブルは脂ぎってべたべた、ひび割れたグラスの水にはなんか浮いてる、ゴキブリだって当然飼ってますといった雰囲気の店だった。

俺が渋っても、笑顔で『行く』と言って聞かないから観念して訪れたら、あめちゃんは注文したチャーハンをくちいっぱいに頬張ってもりもり食べ、始終笑顔を絶やさず喜び続けた。

『こういう近所の料理店も独特の温かみがあるし、ご飯もおいしいよ、先生』

あめちゃんの言外の気づかいに衝撃を受けて胸が痛むと、自分が食べているラーメンも生涯食した料理の中で一、二を争う絶品料理に感じられた。

そして帰り、川沿いの歩道を手を繋いで歩いていたら、あめちゃんは照れた声で言ったのだ。

『あのね、先生。……俺、料理勉強したい。あんな上手なぱらぱらチャーハンをつくれるようになるには時間がかかるだろうけど、先生のうちでふたりで食べたいよ。頑張ってつくるよ』

ピー……、と留守番電話のメッセージが途切れた。はっと我に返って携帯電話をしまうと、減速し始めた電車が乗り換え駅へ着く頃だった。

アナウンスが流れ、向かいの席にいた母親の腕の中で赤ん坊が「んんん」とぐずる。知らず知らずのうちにくち元を綻ばせて席を立ち、俺は急いで駅へ降り立った。

一時間後、電車を乗り継いで大学へ着いた。春休みだからか生徒はほとんど見あたらない。立派な正門をくぐって目の前にある事務局を覗いたら、事務員のお姉さんは俺の顔を認めてすぐ訝しげな表情になった。

会釈して声をかけ、事情を説明し始めても調べようともしない。

「——ですから、生徒の個人情報についてはおこたえしかねます」

「私、椎本君が通っていた予備校の講師で、本当に全然、ストーカーとかじゃないんです」

「親しいようでしたら直接本人か、本人の関係者に連絡をとったらどうですか？」

「予備校の記録に実家の電話番号があったんですけど、引っ越してしまったみたいで繋がらなかったし、椎本君も急に携帯電話を解約してしまっ……あ、いや、私は重大な事情があったんだろうってわかるんです。そういう仲なんです。だからこその事情が、」

「お教え出来ることはなにもありません。お引き取りください」

どうやら顔を憶えられていたようだ。二度目ともなるとさすがに口調が厳しい。

自分でも予備校講師がひとりの生徒の大学へ訪れてまでプライベートを詮索するのは奇妙だとわかる分、強く出られない。俺が騒ぐほどあめちゃんに迷惑がかかると思えば、尚更だ。

「彼が留学先で無事に生活しているか、それだけわかればいいんです……お願いします」

「貴方のお力になれることはございません。お引き取りください」

こうして一歩外へ出て現実に向き合うと、俺達を繋ぐものはなにもないんだなと痛感する。

俺はあめちゃんにとってもっとも親密な人間だと自負しているが、たとえあめちゃんが事故や事件に巻き込まれたところで真っ先に連絡をもらえる立場にない。

恋人です、とたったひとことくちにして誰もが笑顔で納得してくれる恋愛なら、こんな簡単なことはないのに。

「お願いします。連絡はとれなくていい、元気だって教えてほしいんです。心配なんです」

お姉さんの形相がさらに険しく歪み、心がぼっきり折れて溜息とともに目をそらすと、ふとガラス窓の向こうで校内を歩く人影が視界を掠めた。

「これ以上しつこくするようでしたら、警察を呼びますよ」

苛立ったお姉さんの声が耳を叩くが、わからない。

わからない。

「——あめ、」

「ちょっと、聞いてますか?」

「あめちゃ、」

事務局を飛び出して、視線の先にたったひとりを捉えたまま真っ直ぐ走った。

わからない。わからない、わからない、どうしてここにいるんだろう、なんで!? 帰国予定は七月だったはずだ。でも今、目の前でにっこり笑って歩いている横顔は、確かにあめちゃんだ!

「あめちゃんっ!」

心臓が高鳴った。周囲の光景や音は霧に包まれたように霞んで脳に入らない。距離が縮んでくるとあめちゃんの後頭部の黒髪がさらりと風になびく様子が酷くゆっくり見えた。七ヶ月前あの小さな耳を舐めた。白い首を吸った。唇にくちづけた。二年間、毎日愛した。

「あめちゃんったら……っ」

細い手首を摑んで引き寄せたら、振り向いたあめちゃんの驚いたまん丸い瞳と目が合った。息が切れて肺が圧迫され、呼吸するたび猛烈に痛む。

徐々に周りが見えてくると、最初に自分の激しい息づかいが聞こえた。次は指に浸透するあめちゃんの手首の感触と体温。

あめちゃんの見開かれた黒い瞳と、ぱく、と動いた唇が、動揺と困惑で戦慄《わなな》く。

……あめちゃんだ。間違いない。あめちゃんがいる。

「び、びっくりした～。椎本君、大丈夫?」

まず声を発したのは、あめちゃんの横にいた女の子だった。存在を認識していなかったので俺も驚いた。綺麗なロングヘアーの、華奢で大人しそうな女の子。

戸惑って視線を下げると、あめちゃんの反対の手と彼女の手が繋がれていることに気がついた。

「あの、すみません。椎本君のお知り合いの方ですか?」

「あ、えっ……と、俺は、あめちゃ……椎本君が通っていた、予備校の、講師で、」

「予備校の講師?」

「仲良くさせてもらっていまして……その……」

女の子と手を繋いで歩く。携帯電話を黙って解約する。留学先から帰国しても報告しない。

『そりゃ完全に浮気でしょ』――相楽さんの声が脳裏を過《よぎ》った。

あめちゃんは目を泳がせて唇を噛みながら顔を隠すように俯き、俺の手を見つめて言った。

「ごめんなさい……俺、貴方のこと、知らないです」

「え。知ら、な……?」

「憶えて、ないんです。俺、昔のことなにも、わからないんです……」


あめちゃんと一緒にいた女の子は「カヨコです」と名乗った。呆然と立ち尽くす俺達を見かねた彼女が、近くの喫茶店へ行こうと誘ってくれたが、そこまでどう歩いたかわからない。つんのめりそうになる身体を地面を踏んで支え、あめちゃんの黒髪に触れたい一心でじっと見つめて追いかけていたら、気づいた時にはそれがコーヒーの黒にすり替わっていた。

「実は椎本君は留学先で事故に遭って、過去の記憶がほとんどないんです。携帯電話も事故の時に壊れてしまって、当時の知り合いともリセット状態で……」

カヨコさんは俺とあめちゃんの間に入って、事故と現在の生活について説明してくれた。子どもを助けたのが原因で車と接触事故を起こし、頭を強打したため一時は自分の名前すら定かじゃなく、留学先から緊急帰国して実家の両親のもとで暮らしているんです。とか。

「あたまを、きょうだ……〝強打〟？」

思考も世界も真っ白な曖昧な意識の淵で、カヨコさんのひとことが鼓膜を突き刺し、俺は咄嗟に椅子を立って、正面にいるあめちゃんの頬を両手で包むと瞳の奥を探った。

「大丈夫!? 痛くない!? 強打って〝強く打つ〟って書くんだよ!? 強烈に痛いんだよ!!」

「うわっ！ わ、わかります、もう、今は手術の傷も塞がって、平気です」

「平気!? 本当……!?」

左手で額に触れて髪の上から頭を撫でた。

守ると約束したのに傷つけた。自分の知らない場所で、あめちゃんが手術をしていた。その罪悪感に、胸が押し潰されて吐き気がした。

「ごめん……。なにも知らなくてごめんね」

「へ、平気ですから、落ち着いてください……周り、お客さんも、いますから」

あめちゃんが赤面して顔を伏せた拍子に、指に絡みついていた髪がするりと落ちた。

渋々座りなおす俺を見ていたカヨコさんは、窓から差す日差しの中で微苦笑を洩らす。

「能登先生は、椎本君と本当に親しかったんですね」

「……はい」

「大学のサークル仲間も昔と変わらず接してますけど、本人は動揺も大きくて……。私がリハビリを兼ねてオープンキャンパスの雑用バイトに誘ったんです。だから今日も──」

しゃべり続けるカヨコさんの横で、あめちゃんはグレープフルーツジュースのグラスに手をかけ、俺をぼんやり見ていた。俺もその空っぽの瞳を見返した。

「能登先生、聞いてますか？」

「あっ。……はい」

「椎本君、記憶は戻るかどうかわからないそうです。戻っても、本人にはそれがすべてなのか判断出来ませんし、本人だけが記憶していたことは、忘れたこともわからないからって」

まるで通訳だと思った。異国の言葉を話す双方の心を、カヨコさんが繋ぎ合わせてくれる。俺とあめちゃんの間には通訳など必要なかった。他人など必要なかったのに。

身を乗り出すように、あめちゃんに詰め寄った。

「他の身体の具合はどうなの？　頭を打ったなら、麻痺《まひ》とか残ったんじゃや……？」

「い、いえ。……大丈夫です。全部、治りました。後遺症も、ないです」

あめちゃんの指先がグラスの水滴に濡れて冷え、可哀想なほど赤くなっている。

「本当に……まったく、憶えてない？　フンボルトペンギンも、マンボウも、オーロラも？」

「……ぺん、ぎん？」

「一緒に勉強したじゃない。夏期講習中も俺のつまらない話に付き合ってくれて、それで、」

手を伸ばしてあめちゃんの指に触れたら、びくりと驚いて払いのけられた。

「ご、ごめんなさい！ わから……ない、です」

……顔も、声も、指の細さも、全部同じなのに、あの子の心がここにいない。

正面で俺に怯えるように萎縮して唇を噛む男の子の様子と、掌を打った衝撃が真っ直ぐ胸を貫いて、痺れていた。杭が胸の奥へ深く沈んでゆくような、じくじくとした痛みが増してゆく。

あめちゃんは俺を拒絶したりしない。この子、誰だ……？

カヨコさんが「私、ちょっと席を外しますね」と、笑顔で頭を下げて化粧室へ向かい、横にいた彼は、彼女の背中を不安げな視線で追いかけた。

「……あめちゃん」

小声で呼びかけると、え？ という丸い目をされた。

「あ、いや……——しい、もとくん」

「はい……」

「ひょっとして……カヨコさんは、今お付き合いしている恋人、ですか？」

途端に俯いてくちを引き結び、ストローでジュースを掻きまわし始めた椎本君の耳が林檎色に染まっていく。

……そうか。俺は自分のコーヒーの黒を見下ろして目を閉じ、息を吐いた。

「昔と、好みが変わらないね。上品で愛らしい小動物みたいな女の子が好きだった」

「や、よ、よくわからないです……」

「ごまかしてもわかるよ。猛烈に恥ずかしい時は、いつも耳を林檎色にしてたから」

「こ、困ります、からかわないでくださいっ」

でも他人に恋人の話題をふられた時、こんな反応をすることは知らなかった。

「あ、あの……能登さんは、どうして大学にまで、俺を捜しに来てくれたんですか」

「ン……。いや、捜してないよ。たまたま近くを通ったから、気紛れで事務局の人に訊いてみただけだよ」

「気紛れ？」

「携帯電話が繋がらなかったでしょう？　だからなんとなく、今も元気なのかなって」

「そう、ですか……」

不自然に笑う俺と、瞳をふらふら揺らす椎本君。

まるで映画やドラマを観ているみたいに、僅かな沈黙すら非現実的で、すべてが遠い場所で起こっている出来事のようだった。

「……本当に、すみませんでした。携帯電話も突然繋がらなくなってしまって、不義理を許してください。思い出せるかどうかわからないんですけど、能登さんとどんな仲だったのか、色々教えてもらえると、嬉しいです」

俺は〝能登さん〟だ。このあめちゃんの瞳にうつっている俺は、椎本君にとって初対面の他人であり、この子はあめちゃんじゃない。俺の知らない、俺を知らない子なんだ。

「うん……。椎本君とは、椎本君が高校三年になった年の、春から冬休みが始まる十二月の終わりまで一緒に過ごしたよ」

「はい」

「真面目でいい子でみんなに対して優しくて、担当の俺とは誰より仲良くしてくれて、」

俺の素行に呆れても笑って傍にいてくれた。停電した時も闇の中で笑い合った。夏には一緒に花火を見た。唐揚げを食べさせてくれた。好きだと告白しても拒絶せずにキスを許してくれた。叱責は思いやりだと実感させてくれた、唯一の人だった。

「の、能登さ……涙が、」

「うん、ごめん。えーと……。俺はね、椎本君が幸せでいてくれて安心しました。記憶を失うほどの事故なんて、痛くて不安で怖かったろうに、横で励ましてあげられなかったのが歯痒いし悔しい。非力なのは俺だ。無理矢理にでも会いに行けばよかった」

「いえ、そんな……」

「支えてくれる人がいて、よかったよ。これからもずっと、幸せでいてください」

事故に遭っても連絡をもらえる立場にない俺達の関係は、俺達ふたりだけのもので、互いの決断のみでかたちを変える。毀《こわ》そうとすれば塵となって消え、生かそうとすれば永遠になる。

ならば俺は、秘め続けて墓場まで持っていこう。

「な、泣かないでください、能登さん」

「うん、ごめんね。懐かしくなっちゃって。年取ると涙脆くなるなー」

「い、いっぱい、こぼれてくる、」

椎本君があたふた慌てて鞄からハンカチを出したが、俺は苦笑して頭を振り、断った。指で拭って「恥ずかしいから、カヨコさんが戻る前に帰るよ」とおどけて伝票片手に席を立つと、

「待って、待ってくださいっ」

と、腕を摑んで引き戻された。

刹那、はっとびっくりした顔で椎本君が俺の腕と自分の手を凝視し、指先に少し力を込めて摑む。……緩める。俺を見上げて呆然とする。

「なんだか……能登さんの腕、懐かしいです」

途方に暮れた声が、あめちゃんの唇からこぼれた。俺は寂しくなった。

「ええと……あっ、新しい携帯電話の番号、知っておいてください。また交換してください。それで昔の俺のこととか、もっと聞かせてくださいっ」

「気持ちは嬉しいんだけど、うまく話せないと思うよ」

「なんでもいいです、なんでも。どんな生活していたかとか、俺がなにを好きだったかとか」

「椎本君は生まれ変わったんだよ。過去に囚われていたら、事故ばかり責めて息苦しくなってしまう。今の生活と、今好きなものを大事にして生きた方がいい」

「知らない方が苦しいんですっ。会話のなにが真実かわからない。家族も友達も傷つけて哀し

ませる。……能登さんの言うように俺は生まれ変わったのかもしれないけど、過去も俺の一部なんだって毎日思い知ります。他人といる時間が、孤独でしかたないんです」

この瞬間に至りやっと意識がぱんと弾けて覚醒し、椎本君の顔を間近で直視出来た。

眉間に寄った小さなシワ。長い睫毛。小さな唇。柔らかそうな前髪。すぐに赤らむ頰。

『あめちゃんって、かわいいよね』

『えっ』

『顔、テレビに出てる人みたい。睫毛が瞬きするたびにさらんさらんって震えて見惚れる』

『へんなこと言わないでください！』

『褒めたんだよ？』

『勉強してください、講師らしくっ』

『そう。俺のことを叱ってくれるんだよね……あめちゃん。優しくていい子』

キミが孤独だと嘆くなら。

「能登さん、」

「……わかった。出来る限り、力になるよ」

携帯電話を出して赤外線で番号とアドレスを交換し、喫茶店を出た。

まだ幾分冷たい微風に凍えた手を握り締めて駅まで歩き、電車に乗って窓の外を眺め、がたんごとんと揺られ家路につく。日差しはまだ若干強く、乾燥した空気が喉に痛い。

遊びに行く時の電車内で肩枕をしてくれるのはあめちゃんだったけど、帰りには疲れ果てたあめちゃんが、俺の肩にカクンと倒れて眠るのが常だった。あの髪の太陽の香りが恋しい。

……あめちゃん。初めて一緒につくったチャーハンは、ほんと救いようないぐらいねちょねちょで、ふたりで笑いながら食べたよね。でもそのあと何度も食べた素敵なぱらぱらチャーハンより忘れられない大切な味だって言ったら、あめちゃんは笑うかな。

フンボルトペンギン、アミメキリン、チリーフラミンゴ。

マンボウ、ラッコ、マイワシの群れ。

季節の星座、流星、オーロラ、月。

毎週見た、月曜日の朝焼け。

「あめちゃんとちゅうちゅうしたいな……」

そうか。この想い出を一緒に振り返ってくれるあめちゃんは、もういないのか。

翌日、椎本君から電話がきた。なんということのない電話で、『今、平気でしたか？』『なにをしていましたか？』『お仕事はいつも何時からなんですか？』などと質問されて返答し、十一時をまわった頃、おやすみの挨拶をして切った。

知ってるはずのことばかり訊いてきて、本当にあめちゃんじゃないんだな、と痛感する。

その次の日もまた電話があった。『予備校はどんなところですか？』『生徒はどんな子がいますか？』『能登さんの授業は楽しそうです』……椎本君は思いの外よく笑う。

そして日曜の夜には三度目の電話がきた。『えっ！　生徒と漫画読んで一時間過ごした⁉』『能登さんはおおらかですね……』『こうして話してると、すごくほっとします』。

日付が変わりそうになった頃『あ、眠くないですか？』と椎本君が焦って、俺は苦笑した。

「平気だよ。今夜は寝ないから」

『え、寝ない？　ん〜……？　深夜に観たいテレビがあるんですか？』

「ううん、違う違う。そういう日なの」

逡巡した椎本君は遠慮がちな声で続ける。

『〝そういう日〟ってことは……なにか、誰かと約束？』

「そうだね、約束」

『……。深夜の約束なんて。能登さんの、大事な秘密に触れてしまった気がします』

「うん。宇宙で一番大事な人との内緒の約束だよ」

電話は一時に終わった。あめちゃんの声が〝貴方のこと知らない〟と訴えてくるのが不思議で、上の空で深夜映画を観続け、夜明けがくる頃になると、ベランダへ出て朝焼けを見た。

ひとりで見ないで、とあめちゃんに叱られたが、鴇色の雲の影を眺めていると、ふたりで過ごしていた時以上にあめちゃんの存在を傍に感じた。

冷たい空気が身を包み、橙色から黄金色に変化していく朝日が掌を照らす。その掌をじっと見つめて、裏返して甲を視線でなぞり、あめちゃんを毛布越しに抱き締めた感触を想い……そして自分が今なにをすべきなのか、椎本君との関係をどうすべきなのか考えた。

部屋の時計を見ると、時刻は六時十二分。構わずベッドに放っていた携帯電話を取って椎本君の番号にかけた。五度目のコールで『んあぃ……』と眠そうな応答が。

「椎本君、おはよう。寝てたよね、ごめんね」

『シン……大丈夫です。どうしたんですか……？』

「お願いがあるんだけど聞いてくれる？　俺、来月仕事を辞めて引っ越すことにしたよ」

『え……仕事、辞め……引っこ……。どこにですか？』

「どこ。うーん……。――ああ、京都」

『へっ、京都!?　なんで？』

「言葉が綺麗だから勉強したいんどすえ」

『べ、勉強ってっ。今絶対思いつきで言ったじゃないですか、うーんって悩んだし！』

なにがあって……なんで……と、椎本君は寝ぼけた様子でぐるぐる繰り返し、俺は笑った。

『……あ。もしかしてそれも、ゆうべ言ってた大事な人との約束、ですか』

「ンー。まあ、そんなような」

『……。それで、お願いって、俺はなにをしたらいいの？』

「引っ越すまで一ヶ月、俺と一緒にいてください」

『い、っしょに？　どこで……？』

吹いた。発言が天然で、こういうところは変わらないんだと思ったら、おかしくて。

携帯電話の向こうで『なんで笑うの!?』と椎本君が混乱している。

予備校の狭い教室でいつも笑い合っていた頃の、あめちゃんの面影が胸をくすぐる。

するといと言葉はすんなりこぼれた。

「どこでもいいよ。どこまででもいいよ」

一ヶ月だけでいいから、今度は遠くに行かないで。

「俺といて」

『能、登さん……』

ベランダの向こうで太陽が昇りきり、鴇色の光の帯も消え去った。

「あと、椎本君にあだ名つけるね。えー……と。そうだ、ちいさん」

『ちいさん？』

「うん、かわいい。これからそう呼ぶね」

えーっ、と笑って抗議されたけど俺も笑って流しながら、心の中で自分に言い聞かせるように〝一ヶ月〟と、何遍も強く叫び続けて覚悟を結んだ。

その夜、予備校の授業をひとこま終えて講師室へ向かっていたら、いきなり背後から頭を叩かれた。「いたい……」と振り向くと、秋津先生が鬼の形相で仁王立ちしている。

「聞いたよ。今日辞表出したんだって？　新しい生徒が入ってくる忙しい時期だってのに」

「いや……だからこそはやい方がいいかと思いまして」

秋津先生は有無を言わさず「じゃあ今夜ふたりで送別会ね、能登先生のおごりで」と早足で去っていき、俺は帰宅してもひとりで寂しいし、相手してくれてありがたいなあと見送った。

で、仕事を終えたあと、駅前にある行きつけのダイニングバーへふたりで移動した。

奥の個室に案内してもらい、淡い夕日色のライトの下でメニューを開いた秋津先生は「さー今日はなに食べよう！」とはしゃぐ。仕事後の食事が好きで、いつもよく食べる彼女はおごりとなると喜び二割り増しだ。それで後日〝貴方のせいで太った〟とげんなりするからおかしい。

ただし、なかなか侮れない怜悧《れいり》な女性であることも、とっくに学んでいる。

「っあー！　生ビールおいしい！　幸せ！　このために生きてる！」

「よかった。今日も一日お疲れさまです」

「はい。じゃ、ゆっくり退職の理由を聞かせてもらいましょうか。千歳君がどうかしたの？」

「……初っぱなに千歳君って名前が出てくるんだね」

「あ、先に言っておくけど、私いい加減気づいてるからね。ふたりが付き合ってること」

これだものな……。俺は自分もビールをひとくち呑んでから苦笑交じりにシーザーサラダを皿へ盛り、「いつから気づいてましたか」と秋津先生の前に置いた。

「能登先生に告白した日から、九十九パーセント気づいてた」

「残り一パーセントは疑ってた？」

「嫉妬してた」

「……わ。感動しちゃった。嫉妬なんて言葉を聞く日がくると思わなかった」

「勘違いしないでね、私は千歳君を独占したかったんです～。あ～んなかわいい男の子、貴方にはもったいないからね～」

「あー、なら俺も嫉妬しなきゃ」

秋津先生がフォークを持った手で俺の肩先を押し、微苦笑してサラダを食べる。橙色のライトに照らされて、上品な素振りで髪を耳にかける横顔を眺め、時の流れは確実に傷の輪郭をうやむやにさせるのだと感じ入った。

俺に事情を打ち明けやすくするための、彼女なりの気づかいだということもわかる。

「実は先日、あめちゃんと再会出来たんだよ。……でね、」

俺はフォークの先でレタスを刺しながら、大学へ出向いた日の出来事を話した。

秋津先生とは彼女に彼氏が出来て、あめちゃんも大学生になった頃から三人で食事へ行くぐらい交流が深まっていたので、あめちゃんの留学中も、しょっちゅう泣きごとを聞いてもらっていた。連絡が途絶えたあとは一緒に心配もした。

仕事に忙殺される時期でも、食事に付き合って「男は子どもね」をくち癖に俺の尻を叩いてくれる彼女に甘え、俺は常に気の強い母親役を演じさせてしまう。

「へえー……びっくり。ドラマみたい」

事の顛末《てんまつ》を説明し終えた直後、彼女のくちから洩れた第一声も淡泊で正直なひとことだった。

「うん……本当言うと、俺もあまり実感がないんだよね。あめちゃんの帰国が夏だって信じ込んでいたせいかな。顔を突き合わせていてもまるで現実味がなかった。せめて手術の名残なんかが見て取れれば、もっと違ったと思うんだけど」

「髪が短くなっていたり？」

「そう。なのに去年送り出した時のまんまなんだもの。外見も仕草も。……それで知らない女の子と手を繋いで歩いてるんだから、あまりに突飛すぎて心がついていかなかった。あの子があめちゃんじゃないんだって事実を、頭が漠然と理解しただけ」

「それ、無自覚に怯えてるってことじゃない？　現状を受け入れたら打ちのめされてぼろぼろになってしまうから、心を安全な箱に隠蔽して自我を保ってるの。……私はショックだなー。何度も食事したのに、今度会ったら〝誰ですか〟って訊かれるなんて、想像するだけで無理」

あっけらかんとした物言いだが、彼氏と喧嘩するたび〝私は泣き方がわからないのよ〟と深酒する、秋津先生らしい哀しみ方だ。

湧き上がる苦い当惑を持て余し、否定も同意も出来ずに曖昧な笑みを返したら、睨まれた。

注文していたチーズリゾットがきたので取り皿に盛って「でもさ、」と渡す。

「でもさ、〝浮気に違いない〟って断言してた相楽さんには〝ほら見たことか〟って自慢したいよ。あめちゃんはやっぱり俺を裏切らなかった」

「即行で彼女つくってるじゃない」

「それはあめちゃんじゃない。ちいさんだよ」

「……なるほど、別人なのね。やっぱりって言うほど〝あめちゃん〟は信頼してるんだ〜？」

「してるよ。俺達の愛は紛れもない真実だよ」

リゾットをフォークで掬ってくちに運んだ秋津先生が、鼻で笑う。

「予備校で千歳君の帰り際、貴方が『あめちゃ〜ん、ばいばーい！』って大はしゃぎしてたの思い出した。にっこにっこ嬉しそうにしてさ」

「ああ、懐かしいなー……」

「能登先生は自分しか信用しない硬派な一匹狼だと思っていたのに、蓋を開けたら小学生なんだもの。〝愛は真実〟ねえ〜。かっゆいセリフだけどなんかもう、しかたないわってなるわ。貴方達ならしかたない。しょーもない！」

呆れなのか親愛なのか、はたまた一パーセントの嫉妬なのか判別がつかず、俺はまた返答を苦笑に変えた。自分もチーズリゾットを食べて咀嚼する。と、ふいにシャツの胸ポケットに入れていた携帯電話が震えだしたので、手に取って確認した。

「あ、電話。ちいさんからだ」

画面に表示された『ちいさん』という登録名を確認してから切ると、秋津先生は「出ないの？」と不思議そうな顔で問うてくる。

「メールして、あとでかけなおすよ。毎日のように電話をくれるんだよね……」

「毎日……？　貴方のこと思い出し始めてるのかしら」

「それはないよ。……性格なんだろうね。知り合った頃のあめちゃんも、俺みたいな厄介者の講師にもの怖じせず話しかけて、心の中にするする入ってきてくれた」

宇田先生に学んだことだが、俺には人間の道理から逸脱した変哲な面があるのだろうと自覚している。かなり最近まで、自分を地面の隅にある磨り減って欠けた石ころ程度に考えていた。しかしあめちゃんだけは、心を打ち明けて寄り添い、涙を見せてくれたのだ。俺も人を愛して、欲したり守ったりしていいんだと教えてくれた。

……携帯電話のボタンを押して『今、同僚の秋津先生と食事中なので、あとでかけます』とちいさんにメールを送った。すぐに返事が届いて『秋津先生って、女の人ですか？』と訊かれた。首を傾げて『うん』と送ると、またブブブと携帯電話が震える。

『秋津先生は美人ですか？』だって。ちいさんってば大人の女性にまで興味持ったのかな」

「それ興味あるのって私に対して？」

唸りながら『予備校で一番人気の美人講師ですよ』と届ける。数秒後、再び返事が。

「『明日、予備校に行ってみたいです』ってきたよ。すごい食いつきっぷり」

「告白されちゃったらどうしよ。〝あめちゃん〟と〝ちいさん〟と能登先生とカヨコさんと、泥沼な展開で面白そ～。私の彼氏の反応も見ものだわ」

「俺そんなぐちゃぐちゃなことになったら、思考回路がショートしてなにがなんだかわからなくなるよ……部屋の隅で膝抱えてしぼむ」

「ふられた経験もない恋愛初心者は、これだからねえ」

こういう微妙な瞬間に、にんまり歪む秋津先生の瞳と唇は途方もなく楽しげで、俺はいたたまれなくなり、携帯画面に視線を逃がして『じゃあ明日迎えに行くね。時間はのちほど電話で』と文字を打ち、送信した。

ホタテとベーコンのトマトパスタと、肴の三種盛りもテーブルに並び、注文した料理がすべて揃うと、機を見たように秋津先生がくちを開いて声をひそめる。

「――で、どうして退職するのよ」

「京都に引っ越すことにしたから」

「ふうん。京都が郷里《いなか》なの？」

「全然。中学の修学旅行で行ったぐらいだよ。鹿にせんべいあげたことしか憶えてない」

「それ奈良《なら》だから」

冷静な突っ込みに笑ってしまった。秋津先生は黙考してどんどん無表情になり、フォークの

先で手持ちぶさたにリゾットの残りを掻きまわす。

「思い出してもらう努力はしないの……？　貴方は恋人だったんだから、もう一度関係を繋ぐ権利があるのよ」

俺はビールをくちに含んで口内で弾ける苦味を舌で転がし、「権利か――……」と呟いた。

「恋愛に権利ってあるのかな。俺はちいさんの選択が絶対だと思うよ。幸せにしたくて好きになったんだもの。欲を押しつける権利なんて欲しくもない」

「なに言ってるのよ。どうせ最初は貴方が強引に振り向かせたんでしょ？」

「そうだね……。けどさ、それで学んだし。もう三十二だし。男だし。……彼女がいるちいさんに〝俺とまた恋人になるべきだ〟って主張するのは、どうなんだろう」

「で、京都に引っ込んで〝あめちゃん〟は喜ぶのかね」

微酔して意識が心地いい高揚感に浸る中、ライトの影と秋津先生の白い指先が酷く美しく揺らいでいた。視界を邪魔する前髪をよけ、俺はなぜか頭の反対側で、あめちゃんとの授業中停電になった時、暗闇に輝いていた、あのろうそくの灯火ばかりを思い返していた。

唐突に、秋津先生が俺の腕を肘でぐいぐい突いておどける。

「本当は拗ねてるだけなんじゃな～い？　手を繋いでるとこなんか見せられちゃったからさ」

「うん……拗ねてるよ。再会したら真っ先に抱き締めるって決めていたのに、俺は触っちゃいけない人間になってた。ちいさんは、俺が抱き締めてもあめちゃんみたいに笑ってくれない」

「うしろ向きー。私、貴方みたいな恋人、絶対いやだわ」

「わかるよ。俺の相手が出来るのなんて、あめちゃんだけだったんだと思う」

「わーころしたーい」

澄ました表情でナプキンを取ってくちを拭く秋津先生を見返し、俺は顔をしかめた。

「なんでみんなすぐに〝殺す〟とか〝死ね〟とか言うんだろう。物騒だなあ」

「九十九パーセントは、むかつくから」

「一パーセントは……嫉妬？」

「違う。嘘と本音。理解してるからついくちをついて出る冗談なのよ。死が重たいって」

　──死が重たい。

「……よくわかるよ」

　手の甲を染めるライトの橙色は、どれだけ睨んでも鴇色に変化しない。胸の奥に湧き出した冷たい孤独感を、俺は小さな咳で蹴散らした。


　翌日、授業が入っていない時間に合わせて予備校近くのコンビニでちいさんと落ち合い、連れてきてあげた。受付には予《あらかじ》め事情を説明しておいたので、軽く会釈して通り過ぎる。

「俺、頭悪かったんじゃないかな……能登さんは全部知ってるんですよね？　恥ずかしい」

あめちゃんと馴染みのある受付のおばちゃんは退職したので、若い受付嬢が記憶喪失青年に対して好奇の目線を向けてきたが、ちいさんは気づきもせずもじもじする。赤くなって俯き加減に顔を隠す仕草は、あめちゃんを思い出させた。

「ここで勉強していたんですかー……」

当時使用していた教室は幸い未使用の時間だったので案内出来た。ちいさんは長方形の机を凝視して消しゴムのカスをつまみ、ぼんやり眺めたあと、顔を上げて室内を慎重に観察した。

「だめだ、思い出せないや。教室の圧迫感とか埃臭さが、懐かしい気もするんだけど……」

「思い出そうって意気込むのはおよしよ、心に負担がかかるから」

俺はちいさんの指から消しゴムのカスを取って、隅のゴミ箱に放った。

振り向いたちいさんの目は、まん丸く見開かれている。

「……能登さんは、すごいことをさらっと言う」

「すごいこと?」

長椅子を見下ろして首を振ったちいさんは、「……ううん」と唇だけで微笑んだ。

「ここで俺は、何人と授業していたんですか?」

「他の生徒はいなかった。俺とふたり、マンツーマン授業だったよ。一度だけべつの講師が体調を崩して早引けして、生徒の女の子が一緒に授業をしたことがあったかな。ましろちゃんって名前の、はきはきしたかわいらしい子だった」

「ましろちゃん？　んー……やっぱり、憶えてないな……」

唸るちいさんの背を「ほら、また考え込む」と撫でたら、あっ、と我に返って苦笑する。

「ごめんなさい。——でも、ふたりきりなら、能登さんと仲良くなったのもわかります。無駄話ばかりしてたのかな」

「無駄な話なんかなかったよ。全部大事」

「大事？　……なんだろう」

「俺が生徒の名前を憶えないこととか」

「えぇっ。な、名前を憶えなかったんですか？」

「うん。授業も自習同然、筆記用具も持ち歩かない、マンツーマン授業しか担当させませんって念押されてる。……本当にだめな講師だった」

うふふと頬を緩めたちいさんが、椅子にゆっくり腰掛けた。

「そうやって振り返るってことは、今はもうだめ先生じゃない証拠ですね」

「あめちゃんがいたから、成長したんだよ」

「あめちゃん？」

「俺はちいさんのことだけ〝あめちゃん〟ってあだ名で呼んでたの」

「〝雨〟？」

「違うよ。〝飴〟だよ。……千歳飴」

ぽかんと首を傾げるちぃさんを振り切るように、俺もホワイトボード横のパイプ椅子に腰掛けてちぃさんと向かい合った。あめちゃんと勉強していた時と同じ体勢と目線で見つめ合う。ちぃさんの背後にある白い壁、天井の蛍光灯、窓ひとつない室内の閉塞感。

恋人になる前の想い出がすべて詰まった懐かしい情景に、胸が痛んだ。

「……あめちゃんは、だめな俺を叱ってくれた子だったんだよ。〝猫背はみっともない、サンダルをズッて歩かない、ポケットから手を出す！〟って」

「お母さんみたい」

「そうかな。うちの家族は突き放して学ばせるタイプだったから、あめちゃんみたいな子には初めて会った。衝撃的だったよ。幸せだった」

「しあわせ？」

ここで一度だけ、あめちゃんとキスをした。

俺を好きとも嫌いとも言わず許し続けてくれたあめちゃんに、永遠に好きとも嫌いとも言わないままでいいから傍にいてほしかった。けど、別れなければいけないのなら一度だけ、好きなふりをして欲しくなった。その脆弱で強欲な醜さごと、あめちゃんは許してくれたのだ。

「教師を幸せにするって、なんかすごいや」

「そう。あめちゃんはすごい子だよ。俺にとって宇宙でひとりの神様で、天使だよ」

「てんしっ」

ちいさんが肩を竦めて真っ赤になり、あの時のあめちゃんと同じ反応をする。猛烈に照れて左手で目を覆い、「うわ〜……っ」と右手を振って唇を噛み締めた。

「能登さんは泣いてくれたのとか見てるし、仲良かったのは実感してるけど、それにしたってすごいことばっかり言いすぎます」

「なにもすごくない、本心だよ。俺は仕事を除いた部分を全部あめちゃんに捧げてるんだよ」

「わ、わかったから、もう、しー！」

慌てる姿がとても懐かしかった。

ここでは外の景色を望めない分、移り変わるあめちゃんの表情だけ見ていた。勉強をする真剣な顔。目をまん丸くして焦るびっくり顔。唇を結んで言い淀む困り顔。頬をほのかに赤らめて、ふくふく微笑む笑顔。

ちいさんの膨れた頬も、震える細い指の仕草も、なにもかもがあめちゃんみたい。

「な、ら……俺も叱ってあげます」

「ん？」

「その白衣の胸ポケットにある青いシャーペン、ぼろぼろです。蓋もひびが入ってるし、色褪せて汚れてる。はやく捨てて、新しいの買った方がいいです」

ちいさんが目元に羞恥を滲ませて微苦笑した。屈託のない、あめちゃんの笑顔で。

「……そうだね。捨てた方がいいかもしれないね。ありがとう、ちいさん」

やがて室内の空気に馴染んだ頃、隣室に話し声が洩れたら迷惑だから、とロビーへ移動することにした。

途中、講師室の前の廊下で躓き、「だ、大丈夫ですかっ？」と支えてもらって後頭部を掻いていたら、ちょうど秋津先生がやって来た。

「あら、千歳君こんばんは。この時間に来てたんだ。わー……本当、外見は面白いぐらい変わってないね。事故の件は能登先生に聞いてるよ。改めて自己紹介しないとかな？　秋津です」

「は、はい、こんばんは。椎本千歳です」

「知ってる知ってるー。天然なところは同じだね！　安心した。ははは」

さくさく自己紹介を片づけた秋津先生の勢いに圧倒されたのか、ちいさんは俺の左横にそれとなく身を隠す。

見ていた秋津先生はじとっと目を細めてにやけ、俺の腕をばしんと叩いた。いたい。

「なあんだ、よかった。千歳君はなにも変わってない。相変わらず能登先生一筋じゃない。

——聞いてよ千歳君。この人、貴方が私に興味持ったなんて言うのよ。笑っちゃうわよね～」

「えっ、きょ、興味って、」

「千歳君は能登先生がだ～い好きだったじゃない？　狭い教室でいつもいちゃいちゃしてさ」

「いちゃいちゃ……!?」

「能登先生もその頃ね、クレオパトラかってぐらい美しく〜て妖艶〜な同僚に告白されたのにばっさり断って、千歳君とべったべったしてたんだから」

「べった……っ」

動揺してぐるぐる焦るちいさんの肩をがしっと掴み、秋津先生はとどめを刺した。

「好みまで変わったとは言わせないわよー？　思い出して、私のためにも。……ね？」

威圧的な笑顔がちいさんを責めるのに耐えきれず、嘆息を洩らして秋津先生の腕をぽんと叩き、宥めた。俺は秋津先生の言葉の一パーセントに含まれた優しさと本心を理解出来るが、ちいさんにはなんの意味も成さないのだ。

「秋津先生。荒療治を施したって、記憶は戻りませんよ」

「わからないじゃない」

「混乱が増えればちいさんの重荷になる。大事なのは今ここにいるちいさんの人生です。ちいさんを〝自分には生きてる価値がないんだ〟って泣かせたら、怒りますよ。すごく」

過去が真実で、今が虚像だなんてことはありえない。ちいさんはちいさんとして幸福になる義務があるし、それを邪魔する権利は誰にもない。ないのだ。

「能、登さん……」

ところが、振り向いたらちいさんが涙をこぼしていた。「えぇっ」と慌てて上半身を屈め、顔を覗き込んで涙を拭ってあげると、ちいさんも「あ、あれっ、ごめんなさいっ」と焦る。

「や〜い、泣かすなって言った傍から能登先生が泣〜かした」

「よしてっ、罪悪感で心が折れるでしょっ」

からから笑う秋津先生を押しやってちぃさんの頰を両手で包み、親指で涙を拭いたが、ちぃさんは痛くも辛くもないふうな、ほうけた表情で俺を捉え、涙をぽろぽろこぼして呟いた。

「……なんだろ、なんか、涙が、」

「泣きたいだけ泣いていいよ。ごめんね。傍にいるから大丈夫だよ。ごめん」

「そんな、何回も〝ごめん〟は……言わないでください」

俺がもう一度「ごめん」と謝罪を重ねると、ちぃさんは涙で瞳を滲ませて苦笑する。

俺の背中をばんと叩いた秋津先生は、「ロビーで休むといいわ〜」と去っていき、ちぃさんが落ち着いた頃合いを見計らって、少しずつ歩くよう促した。

……涙を見て動揺した。ちぃさんは俺の〝生きる価値〟という言葉に反応して無意識に泣いたのだろうかと想像すると、呼吸ごと潰されるような痛みに縛られる。

自販機でぎこちなくジュースを選び、買った。ちぃさんは紅茶、俺は野菜ジュース。

奥のテーブル席へ行って並んで座ったら、お互いなんとなく会話を閉じてジュースを飲み、傍の教室から洩れてくる講師と生徒の声や、外から届く車の騒音を聞いた。

右横でちぃさんの小さくて細い指が紅茶のパックジュースを持ち、くちへ運んで飲む。

俯く顔は、髪に隠れて見えない。

ちらりと覗く耳に、半年ほど前、簡単に触れて噛んで幸福に沈み合ったひとときを見た。

「……能登さん、ありがとう。秋津先生の言う通り、俺はお世話になった人達のことを思い出さないとだめなんだけど、記憶が戻らなくても罪じゃないのかなって……嬉しかったです」

「当然だよ。事故は不可抗力だもの。ちいさんの存在を責める人間がいるなら俺が守るよ」

ちいさんの耳が赤くなった気がする。

「なんか……秋津先生が〝いちゃいちゃ〟って表現したのわかる。能登さんの言葉って、甘くてびっくりするけど、ふわ～って嬉しくなるんです。マイナスイオンみたい」

顔を上げて照れくさそうに唇を噛むちいさんが、涙にふやけた瞼を歪めて微笑んだ。

呆然と見返していると、俺の手元に視線を下ろして明るい声で話題を変えてくれる。

「能登さんは、野菜ジュースが好きなの？」

「あ……いや。たまたま目についたから、選んだだけだよ」

「ふうん。俺、野菜ジュースって特別な時にしか飲まないです。ご飯であまり野菜を摂らなかった日、ジュースで摂ろうって思って」

「……そっか。ちいさんはえらいね。身体の栄養までちゃんと考えて、本当にいい子だね」

ぎりぎり、と胸を縛る痛みが増したのと同時に、くちから甘えがこぼれていた。

「ちいさんの紅茶、ひとくちちょうだい」

「うん。……あ、じゃあ俺も能登さんの野菜ジュース、ひとくちちょうだい」

頷いて交換したジュースを一緒に飲みながら、なにかに駆り立てられるように〝この子はあめちゃんじゃない、ちいさんだ、女の子の恋人がいるちいさんだ〟と心の中で何度も叫んだ。

「あの、能登さんは、どうして予備校の講師になったんですか?」

「え」

『先生……どうして講師になったの?』

『……あめちゃんに出会って、〝先生のおかげで合格したよ〟って、キスしてもらうため』

「ンー……なんでだったかな。忘れちゃった」

「えー? あはは。だめだめだ~」

ちいさんの笑顔、あめちゃんの笑顔。ちいさんの照れた顔、あめちゃんの赤い頬。

ちいさんの冷たい指先、あめちゃんの指の味。ちいさんがこぼす寂しい言葉、あめちゃんの声。

俺がジュースをくちから離して返すと、ちいさんもストローから唇を離して俺に野菜ジュースを差し出し、愛らしくはにかんだ。するとタイミングよく授業終了のチャイムが鳴ってフロアにざわめきが戻ってきたので、俺は視線をそらして椅子から半分腰を上げた。

「……さて。じゃ次は授業があるから、ちいさんは気をつけて帰りなね」

「へ」

「ひとりで帰れるよね。さっきのコンビニまで一本道だから、あとは、」

「まだ一緒にいたいです。仕事終わるの、待っていたらだめですか？」

懇願された途端、掻き抱いてさらいたくなった。

「いっ、しょにって……今日は、予備校を見るのが目的だったんじゃ、」

「もう少し能登さんとおしゃべりしたいです」

「……授業は、一時間あるんだよ。その間、暇だと思うよ」

「お仕事のあと、なにか予定ありますか」

「ないけど……」

「なら待ちたいです」

「でも、」

「引っ越しまで一ヶ月しかないんですよね？　俺は能登さんといる時間を大事にしたいです。だめですか」

やるせなさが目の奥を刺激する。ちいさんの腕に触れて見つめると、今日は拒絶せずに見返してくれた。

『あめちゃんは俺といる時間が大事じゃないの⁉』

『なにを怒ってるんですか、なにをっ！』

『俺だって面白い話出来るのになー。あめちゃんの知り合いの中で、いっちばん面白い話出来るのになー』

『……どんな?』

『残り二十分、全部俺にくれるなら教えてあげるよ』

目の前でくちを閉じたちいさんはあめちゃんそのもので、抱き締めたくて、俺の返答を待つ真っ直ぐな瞳もあめちゃんでしかなくて、くちづけて、愛してると叫びたくて出来なくて、

「……あめちゃ、」

瞬間、ちいさんの背後、受付横の出入口から相楽さんがやって来てすぐに俺達を見つけ、顔をしかめた。なにしてんの、と侮蔑されたのを感じ取り、俺は咄嗟にちいさんから手を離す。

「ごめん。わかった。一時間、待っていてください。夕飯、ごちそうするね」

ちいさんが「はい」と、嬉しげに頷いた。相楽さんは視線で俺に憤懣を投げつけて去っていき、俺は息を吐いて己の愚かさを恥じ、彼女が来てくれたことに心底感謝した。

のろのろ教室へ向かいつつ、そうだ、次は相楽さんとの授業だったな、と頭の中の冷静な箇所が思考するのに反し、一歩踏み出すたび心がぼろぼろ崩れて地面に落下している気がした。

胸の痛みが胃腸にのしかかり、頭の中の毀《こわ》れた箇所が無意識に繰り返す。……あめちゃん。あめちゃん。

ドアを開けたら、もうだめだった。

「あ、先生。さっき受付の人に聞いたよ。記憶喪失になった元生徒を連れてきたんだって?」

視界が一瞬で涙に覆われて世界を見失った。席についていた相楽さんもぼやけた色の塊にな

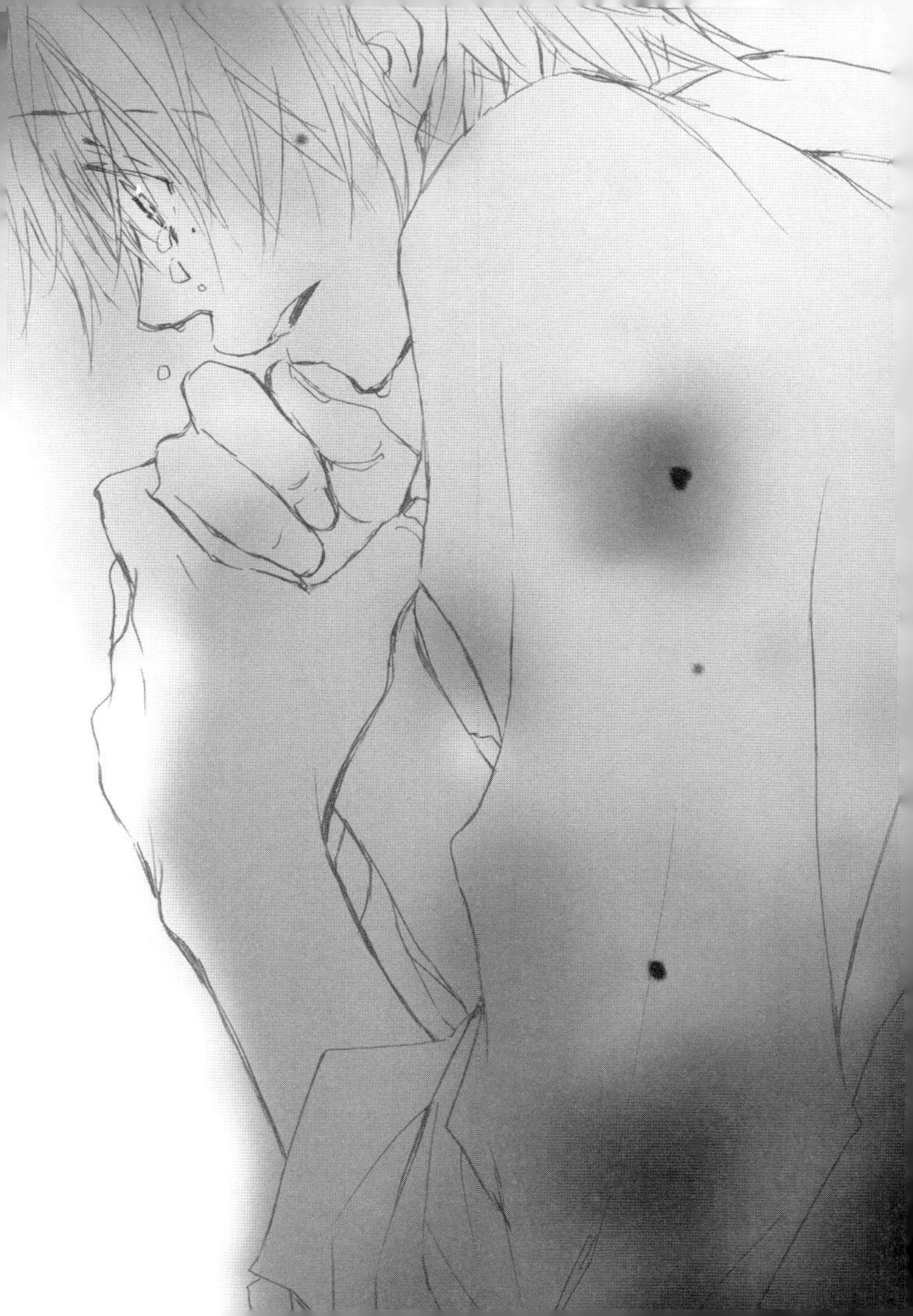

り、「ちょっと、こんなところで泣かないでよ！」という厳しい声も、子守歌みたいに甘い。

「……俺ばかかも。ちゃんとわかってなかったのかもしれない。哀しかったのかもしれない。本当は泣きたかったのかもしれない」

「ン、はあ……!?」

涙にも温度があるのだと知った。瞼が熱い。

瞬きすると涙が落ちて相楽さんがはっきり見えた。安堵感がまた大粒の涙になった。

「相楽さん、どうしよう。あめちゃんがいない。もういない」

「いな、いって……どういうこと？」

『あめちゃんはそんなに名前が気になるの』

『なんで〝雨〟なんですか？』

『〝雨〟じゃないよ。〝飴〟だよ。キャンディの』

『なんで？』

『千歳、でしょ……？』

「俺のこと知らないって。わからないって。知らないんだって」

「知らない、って……え、まさか、記憶喪失の元生徒って、」

『野菜ジュースって苦手だけど、あめちゃんが飲んでるとおいしそう』

『今日は一日あまり野菜を食べなかったから、ジュースで摂ろうって思ったんだよ』

『ふうん……あめちゃんはえらいね。身体の栄養までちゃんと考えて、本当にいい子だね』

「ほんの数ヶ月前だよ。たった数ヶ月前まで、俺達、」

「せ、先生、」

『あめちゃんはすごいね。一緒にいると教室の空気が森の中みたいに澄んで心地よくなるよ。マイナスイオンだ。ふわ〜って幸せになれる。——ね。どうしたの？』

たったひとり、遠い遠い置いてけぼりだ。

あめちゃんに会いたい。会いたい。会いたい。

「ほっぺたに触った。半年ぶりに。……同じだった。あめちゃんだった。あめちゃんなのに、あの子じゃない。あの子は違う。俺の好きになった子じゃない、違う……っ」

真の哀しみとは、平静を保つために事実を拒絶する心へ、現実が否応なくめり込んできた時襲ってくるものなのだと今日学んだ。


夕飯は駅前のレストランで食べた。ちいさんはおいしいおいしいともりもり食べて始終笑顔を絶やさず、黙りがちな俺に話しかけてくれた。

ひとつ困ったのは、ちいさんが俺を「先生」と呼ぶようになったことだ。

「能登さんを待っている間、秋津先生がまた来て、能登さんのこと〝先生〟って呼んであげたら喜ぶわよって教えてくれて……よく考えたらそうですよね。ごめんなさい、気づかなくて」

ごめん、と苦笑いする目元も、俺が沈んでいると笑顔を向けて元気づけてくれる性格も、先生と呼ぶ声も、やはりあめちゃんを彷彿《ほうふつ》とさせる。

「先生。俺がひとり暮らしをしていたアパートへ連れていってくれませんか」

「……うん。いいよ」

夜風にそよそよなびくちいさんの後頭部の髪を見つめていると、指を絡めたくなった。互いの手が触れ合わない位置を保って歩き続け、あめちゃんが暮らしていたアパートまで行く。

「あそこだよ。二階の一番右の部屋」

室内には灯りがついて、新しい住人の気配があった。町外れの閑静な住宅街ということもあり、開け放たれた窓から子どもを怒る母親の声や、若い男女の笑い声がクリアに聞こえてくる。アパート全体を覆う濃厚な生活臭に気づくと、なんとなく近づけなくなった。

「他人のテリトリーって感じがしますね……自分が住んでいたはずなのに、全然馴染まない」

「……そうだね」

ちいさんは部屋の内装を探るように目を細めてベランダを凝視し、しばし立ち尽くした。

俺はアパート横にある街灯を振り向き、地面に降りる丸い光を眺めた。

たった一日すら離れがたくて抱き締めた夜、掌に沁み込んだあめちゃんの洋服の感触と、体温と香りが遠い。

「先生、ありがとう。またひとりで来てみます。そのうち、なにか思い出せたらいいな」

「……。そうだね」

ちいさんが身を翻して駅方面へ歩きだす。ついて歩く俺の横顔を心配そうにちらちら盗み見るちいさんは、暗い沈黙を打ち消すように会話を繋いでくれた。

「その……先生と会ったあとね、家で先生との思い出の品がないか探してみたんだけど、予備校のテキストに明らかに自分の字じゃない綺麗な文字があったくらいで、ほかはよくわからなかったんです。先生は記憶が戻るきっかけになるようなもの、なにかわかりますか？」

「俺達はかたちに残る思い出をつくらなかったよ。たまにあめちゃんが携帯電話のカメラで空や動物を撮っていたけど、普段は電話とメールのやりとりだけだったから、手紙もない」

「携帯電話が壊れたせいで全部消えちゃったってことか……。友達の連絡先もだけど、携帯電話って意外と大切なものが詰まってるんだって何度となく思い知る。デジタルの罠だ〜……。俺、頑張る。先生のこと絶対に思い出すね！」

努めて満面の笑みで励まそうとしてくれるから、無理しないでいいよと断るのも憚《はばか》られ、自分も笑顔を繕った。俺の笑顔を見たちいさんは、さらに嬉しそうに顔を綻ばせる。

ちいさんの安堵が俺の胸に届いて反省し、心配させてごめんねというふうに苦笑したら、今度は照れて目元を擦った。この子とは、やっぱり心だけで会話が出来るのだと悟った。

「先生。……俺、本当はずっと、気がかりなことがあったんです」

「気がかりなこと？」

「すごく大きな約束を忘れている危機感があって、歩いていても向かう先を間違えているような妙な焦りに駆られて、頻繁に立ち止まって振り向いたりしてた。でも原因はわからなくて」

「……うん」

「今はそれが、先生だったんだって確信してます。先生といると、こう……水風船を針で刺す感じって言えばいいのかな。ぶわって安心感が溢れ出して、一気に落ち着くんです。記憶を失ってから燻っていた、得体の知れない焦燥と寂寥感が、先生といる間だけパッってなくなる」

夜空を眺めて話すちぃさんの横顔は凛《りん》として、酷く晴れやかだった。

俺が小声で「だから毎日電話をくれたの」と問うと、「うん」と無邪気に大きく頷く。

「へんかもしれないけど……先生って海みたいなんです。夏のギラギラした海じゃなくて、春とか秋の、日が暮れる前の静かな海。喧嘩を挑むように、うわああー！　って飛び込んでいっても、さら〜って砂浜に戻されちゃって、かなわないなあって途方に暮れる、そういう人」

「……確かに、海に喧嘩売っても、だめだ」

「うん、だめ。でも翻弄されるのもいやじゃなくて、漂っていたいっていうか……おおらかで飄々としてる先生の空気に浸って、声だけでも聞いていたくなります」

ちぃさんの中で眠るあめちゃんが、寝返りを打っているのかな。身じろぎする瞬間のほんの僅かな覚醒が、ちぃさんの記憶を揺さぶるのだ。

だって生まれてから今日まで、俺を海だなんて言ってくれたのは、この子だけだった。

「それだけで充分だよ。さっき、ちぃさん泣いてたじゃない。本当は今の自分を許してほしいんでしょう？　……ちぃさんの性格が昔と変わらないように、周囲だってどうせ変われない。大丈夫、誰もちぃさんを見捨てないよ。焦る必要もない。俺も昔と変わらず、大好きだよ」

俺達の隙間を、さらんと緩やかな微風が通り過ぎた。

ちぃさんは額が露《あら》わになるのも無視してほうけた表情で俺を見返し、ぽつ、と、

「俺も……先生が、好き」

と呟いた。名もない衝動に肩を叩かれてふいにこぼれたような、おぼろな囁き。

「カ……カヨコも、俺を守るって言ってくれたんです。辛いことがあれば隠さないで話してって。守ってあげるからって。その言葉を聞いた途端、びりびりってきて、で……」

俺が立ち止まるとちぃさんも足を止めて瞳を揺らし、沈黙した。さららとまた風が過ぎる。

「あ、その……引っ越しって、新しい家は決まってるんですか」

「来週行ってくる。ネットで調べていくつか目星はつけてるから、内見に」

「そうですか。そっか。じゃあ、えっと……それ、俺も行っていいですか」

「え、京都だよ？」

「気分転換に小旅行もいいかなって。大学も春休みだし、バイトも調整出来るから。……だめですか？」

居心地悪そうに、ちょっと引きつった表情で笑うちぃさん。その頬をさすりたくて震えた指

を握り締め、「うん、いいよ。チケット手配しておくね」とこたえた。

無理に笑い合って、我慢し合って、慎重に言葉を選び合って、互いの傷口に息を吹きかけるほどの柔らかさで触れ合い、宥め合う距離感。

また夜道をふたりで歩き始めると、街灯の光が眩《まぶ》しくなった気がした。知らぬ間に夜がふけていたようだ。

「先生は、俺のこと……〝あめちゃん〟って、呼ばないね」

手を繋ぎたい。ちいさんの幸せを望む想いに嘘偽りはないが、呼吸するように手を繋いでくちづけ合えたあの日々は、どうしても痛く愛おしかった。


ちいさんからの電話は続いた。次の日も、その次の日も。

『京都、楽しみです。わらび餅で有名なお店調べたんですよ、写真もすごくおいしそう！』

「……うん、よかった」

『時間が許す限り、おいしいものいっぱい食べましょうね！』

数日後に迫った京都への小旅行に、ちいさんははしゃぎ通し。毎日ひとつお店を探してきてはおすすめ商品の特徴を教えてくれて味の予想をし、『はやく先生と一緒に食べたいなあ』と、うっとりする。……嬉しいけど、俺が嬉しいと思うのは罪を犯すことと同等に思えた。

「カヨコさん、怒ってるでしょう。旅行なら彼女の方が一緒に行きたかったはずだもの」

しかし、ちいさんはぽかんとした声で『……へ？』とこぼす。

『あ……そうか。カヨコにも、京都へ行くこと話さないといけないのかな』

「話してないの？　だめだよ、恋人なんだから言っておかなくちゃ」

『でも先生とのことは先生とのことで、誰かに怒られたり咎《とが》められたりする必要、ないし、』

「怒るとかじゃなくて報告でしょう？　カヨコさん、自分の知らない場所でちいさんがまた事故に遭いでもしたら、どれだけ哀しむと思うの？　伝えておくのは、守るって言ってくれた子に対する誠意だよ」

誠意……、とほうけて呟いたあと、ちいさんは謝罪する。

『……ごめんなさい。他の人のことは、考えてなかったです』

「謝るのは俺じゃないでしょう」

だが得心いかない焦れた様子で、抵抗をぶつけてきた。

『先生と出かけるのは当然のように思えたんです。嬉しくて、それだけ考えていればよくて、なんていうか、そうあるのが自然で、離れている方が不自然なふうで、その、だから、』

「そんな身勝手、ちいさんらしくないよ」

『俺、らしさ……？』

叱られるのはいつも俺だった。俺が叱るのは、これが初めてだった。

翌日は柔らかい雨が降り、予備校内も陰鬱とした静かな雰囲気に包まれた。普段講師をからかってばかりいる生徒の声も、休み時間に廊下を満たす賑やかな笑い声も小さい。

二時限目は、相楽さんとの授業だった。無表情で教室に入ってきた彼女はドカっと椅子に腰掛けて湿った鞄を机の上に置き、タオルを出す。

「雨を越えるたび、春に近づく季節だね」

話しかけたら睨まれた。そっぽを向いて長い髪を丁寧に拭き、ブラシでとく。

「苛々して、女の子の日なの?」

「しね」

……ひどい。この間号泣した俺を、まだ軽蔑しているのだろうか。

手鏡を出した相楽さんは前髪をつまんだり、胸を覆う左右の髪の流れを整えたり、桃色のリップを唇にぬったり、お洒落に余念がない。ふんわり漂う香水には雨の香りが交ざっていた。

「そんなことしなくても、相楽さんは充分かわいいよ」

褒めた途端、すごい勢いで手鏡が飛んできた。顔の横を掠め、背後のホワイトボードにぶち当たる音に戦慄して萎縮した心臓に、相楽さんのひとことが突き刺さる。

「ふざけんじゃねーよ男が好きなくせにこのホモ講師!」

そこで会話は途切れた。

一時間、相楽さんはひとり黙々と勉強し、帰っていった。教室を出る時、咄嗟に呼び止めようとしたが、彼女の冷徹な視線から浮かぶ拒絶に怯んで、無気力に見送ってしまった。

残ったのは地面に落ちたままの手鏡。拾い上げると、ひび割れて亀裂の入った中央に、うつり込んで裂けた自分の顔がある。

……あめちゃんならきっと〝追いかけなさい！〟と、俺を叱るに違いない。

その漠然とした予感は瞬く間に強烈な焦りにすりかわり、俺は情動が湧き出すまま教室を飛び出して、ちょうど来ていたエレベーターに滑り込んだ。

一階へ着いてすぐ出入口へ駆けていって、ドアを力まかせに弾き、大声で叫ぶ。

「相楽さん！　相楽さん……‼」

細雨が霧のように視界を遮る先、正面にある道路の信号の前で、傘をさす制服姿の女の子がひとり振り返った。

雨屑のついた前髪をよけ、目を凝らして確認すると、間違いない。相楽さんだ。

「……よかった。相楽さん忘れ物、これ、」

夜の闇に浮かぶ信号の光が、ぱっと青に切りかわった。歩きだす人の群れの中で、相楽さんだけが立ち止まって俺を鋭く見返している。数歩近づくと、彼女は怒鳴り声を上げた。

「先生、間違ってる！」

「え……」

「間違ってるよ！　あたし、そんなの恋愛だなんて認めないから!!」

「さがら、さ、」

「……認めない。絶対に認めない。記憶がなくなってよかったんだよ。忘れられてよかったんだよ。恋愛は結婚して子どもをつくるためにするんだよ!?　家族をつくるためにするんだよ！　先生がしてるのは……してたのは、最っ低な裏切り行為だよ!!」

今夜の雨には音がない。相楽さんのうわずって掠れた声は、灰色の空まで響き渡った。

俺は竦んでいた足を再び踏み出して、俯く相楽さんの正面へ立った。彼女が傘を持つ反対の手を取って手鏡を持たせると、地面の水たまりに投げ捨てられてしまった。濁水が撥ねて鏡が割れ、パリンと冷たい音が鳴る。噛み締めた桃色の唇が見えた。細い肩が震えている。

「……相楽さんが講師を変えたいなら、受付に伝えておくよ」

「そんなこと頼んでないじゃん……っ」

「今年は受験生だし、相楽さんにとって勉強しやすい講師を選びなさい」

「だからっ、」

「俺ね、あの子が好きだよ。記憶がなくても、他の人を好きでも、あの子の人柄や空気がやっぱりどうしても好きだよ。あの子がいなかったら感情がないまま無気力に生きて、死んでた。彼に出会えた人生を誇りに思ってる。間違いだなんて誰にも言わせない」

顔を上げた相楽さんの瞳は涙に滲んで瞬いていた。

いつものあの愛情に飢えた、悔しげで羨ましげで寂しげな色が、ただ綺麗だった。


出発前日、ちぃさんに電話で「東京駅は混んでて嫌いだから、少し離れてるけど品川から新幹線に乗るよ」と告げたら、『先生はやっぱり海だ』と言われた。

「品川駅から乗るのが、なんで海？」

『うー。うまく言えないけど、自由っていうか、型にはまらないっていうか、たとえば……──そうだ。先生この前、予備校の講師室の前で躓いたでしょ？　でも、うわあって声を上げるでも、真っ赤になって慌てるでもなく、普通に〝あらら〟って感じだった。あの瞬間も、先生って海だなあって思ったよ。わかる？』

携帯電話を耳に当てて首を傾げ、んー……と考えたが、

「……よくわからない」

ちぃさんはまた楽しそうに、あはははと笑うだけだった。

実は当初、手軽なビジネスホテルを予約していたのだが、ちぃさんが一緒に行くと決まった直後、宿泊先を旅館に変更した。それは海っぽい行動だったのかどうか……。

訊けないままゆるゆると翌日になり、ふたりで新幹線に乗って京都へ向かっていた。

ちいさんに窓際の席をすすめて腰掛け、背もたれの角度を互いのしっくりくる位置に調節したあと、俺が「このシート柔らかいけど、着く頃には腰が痛そうだね」と顔をしかめたら「おじさんっぽいよー」と笑われた。しばらくしても身体の角度を変えるたび、ぷっと吹き出す。こら、と髪をひとつまみ引っ張ったら「先生が悪いよ」と、ちいさんはもっと笑った。

カートを押してくる車内販売のお姉さん。見慣れない駅。

旅の始まりを実感させる些細なすべてが心を沸き立たせた。

浮かれるってこんな感覚だったなあと、あめちゃんと初めて出かけた日を振り返る。

「俺は前にも先生と旅行に出かけましたか?」

「ううん。遠出するのは今日が初めてだよ」

シートにもたれて斜めに向かい合った。ちいさんの背後で景色が輪郭を失って流れていく。

「先生、最初に会った時、ペンギンとかオーロラとかって言ってたけど……、」

「ペンギンは動物園。マンボウは水族館で、オーロラはプラネタリウムだよ」

「そっか、プラネタリウムかー……」

しみじみ微笑む顔を見つめた。瞼にくちづけると必ずつんと存在を主張してきた長い睫毛、吸うほどに足りなくなった唇。

あまりにあめちゃんすぎて、想い出を他人事のように話す声が奇妙で、知らないふりしてるだけでしょ? と問い詰めたくなる衝動を耐える。……シートに潰れて乱れた髪を撫でたい。

ふいに「カヨコにね、」と、ちいさんが囁いた。

「カヨコに、今日のことを報告したら〝いいことだよ、楽しんできなね〟って喜んでくれました。俺、過去に付き合いがあった人を傷つけるのが怖くて、ずっと〝誰にも会いたくない〟って鬱《ふさ》いでいたんです。そういう姿を見守ってくれていたカヨコからしたら、旅行なんてすごい成長だったんだと思う。……この間先生に叱ってもらって、よかった」

幸福そうな、優しい苦笑だった。

「……そっか。今日はなにも怯えなくていいよ。楽しいことだけ考えようね。俺もそうする」

「はい。……って、先生は家探しのことも考えないとだめだよ」

「がんばる」

日差しに透ける無邪気な笑顔を眺めて、ちいさん、あめちゃん、と心の中から話しかけた。

一緒に思い出をつくろうね。別れても、人生のどこかでたまに思い出してくれたら嬉しいよ。

宇宙一愛してるこの笑顔を、俺も胸に刻んでおく。一生消えない傷跡みたいに焼きつける。

「……先生。腰痛いの」

「ううん」

「けど……辛そうな顔してるよ」

「辛くないよ。ちいさんと旅行出来て幸せだなあって想ってるんだよ」

京都は暖かいだろうか。

新幹線を降りると、予め連絡しておいた不動産屋のある街まで電車を乗り継ぎ、サイトからプリントした地図を片手に店へ訪れた。名前を告げたら担当がやって来て、すぐ内見へ連れていってくれると言うので社用車に乗せてもらい、数十分走って目的のアパートへ入室。

書庫が必要だから2DKの全洋室を選んだ。担当が部屋の窓をすべて開けて戻ってくると、俺もベランダの前に立って外の景色を眺める。住宅街だが、抜けるほど晴天の空が見渡せた。

「一応ネットでも確認しましたけど、ここは日の出が見えますよね」

「そうですねぇ。見晴らしもよろしいし、方角は、ええと、まあ、大丈夫やと思います」

「なら決めます」

えっ！ と声を上げたのは並んで空を眺めていたちいさんだった。

「そ、そんな即決？ ずっと住むのに、もっとじっくり色々見比べたりしないんですか？」

「必要ないよ。重要な条件は日の出だけだから」

「ひ、日の出？ 駅まで徒歩何分とか、コンビニとか、スーパーとか、」

「ここアパートだし。他に人が住んでるってことは、生きていけるってことでしょ？」

〝信じられない〟という衝撃が、目を見開いてくちを引き結んだ表情に如実に表れている。

将来、人の少ない田舎町で余生を楽しみたい俺としては、また予備校で働くために充分我慢して市街地を選んだつもりだった。家は密集しているし、街灯もたくさんある。

「住めば都だよ。隣人トラブルなんかがあれば、もう一度引っ越せばいい。身体は地面に縫いつけられてるわけじゃない、自由なんだから」

感覚のズレを埋めたくて宥めた俺をじっと見返し、ちいさんは「先生には本当にかなわない……」と感嘆してから苦笑した。

不動産屋の担当は上機嫌で、店へ帰ると手際よく契約をすませてくれた。

「四月入居やったら、あと半月ですね。鍵のお渡しは前の日からさせてもらいますので――」

書類にサインをして何ヶ所も判子を押して入居時の説明を受け、午後には解放された。

外へ出て改めて京都の街を見まわす。横には中ぐらいのボストンバッグを身体に斜めにかけて、文句ひとつ言わず付き合ってくれたちいさん。

「荷物、重たいよね。ご飯とわらび餅食べて旅館に行こう」

「うん、食べる」

ちいさん念願のわらび餅の店は嵐山《あらしやま》にあったので、旅館も近辺で押さえた。桂川《かつらがわ》の手前、渡月橋《とげつきょう》に徒歩で行ける景色のよさそうな旅館だ。

また電車に乗って嵯峨《さが》嵐山駅まで移動し、みやげものに心を奪われつつわらび餅の店へ向かう。俺は観光客の多さに目眩がしたけど、ちいさんは八つ橋の看板を見るだけで興奮してわあわあ喜び、「先生、これおいしそう！　あれも！」とはしゃいで、店内の人混みの中へひょこひょこ紛れていった。かわいい。

「先生、見て。りんごの八つ橋とかある。チョコとかも」

「試食しておいで」

微笑んで促したが、目を細めたちぃさんはムと唇を結び、バッグの肩掛けを胸の前で握り締めてもじもじ赤くなる。

なにを言うかと思えば「……なんか、恥ずかしいよ」だって。

「えぇっ。ちぃさん、出発前から散々はしゃいでおいて、ここで怖じ気づくの?」

「買うかわかんないのに食べるって、申し訳ないよっ」

「いやいや、試食ってそういうものだから」

「そうだけど、い、一緒に来てっ」

「わ。そ、んなに、引っ張らないで」

キスしたい。ぎゅうぎゅう抱き潰したい。頰を嚙みたい。

「ちぃさん……何味を食べたいの?」

「ぜんぶ」

好きだ。今こそ時間に止まってもらいたい。

「……ちぃさんが八つ橋じゃなくてよかった。もし八つ橋だったらねちょねちょにしてたよ」

「ど、どういう意味っ?　ん〜……――はい。じゃあ先生はこれ食べて、抹茶」

「なんで抹茶なの?」

「大人だから。俺は子どもだからりんご」

「子どもならチョコをお食べよ」

「ちがう。チョコはチャレンジャーが食べる」

澄まして言うくせに、俺の胸元でこそこそ隠れてりんご味の八つ橋を食べたちぃさんは、結局抹茶もチョコも試食して悩みに悩んだ挙げ句、一般的なニッキの生八つ橋セットを手にした。

「ええ!? ぜんっぜん関係ないの選んだ！　なんでよっ」

「た、食べてないのが食べたいからだよっ」

「ちぃさんは試食の意味がわかってないよっ」

「試食の有効活用したよっ。全部食べられたものっ」

俺がうしろから腕を引っ張って「へんだよへんだよ」と連呼すると、ちぃさんは抵抗しながらも、辛抱出来ないというふうに吹き出す。

昔からそうだ。価値観の違いで衝突するたび、なぜか楽しかった。軽快な会話のリズムが胸を弾ませて、ふわふわ流れる空気が心地よくて、離れがたくなった。愛おしくなった。

追懐して待つ俺のところへ、会計をすませたちぃさんが嬉しそうに戻ってきた。

「先生、買った！　旅館であったかいお茶いれて、一緒に食べようね！」

その後、寄り道を繰り返して疲れた俺達は、わらび餅だけ食べて旅館へ帰ることにした。

外観は普通の一軒家だったが、暖簾《のれん》をくぐって入る店内は木製のテーブルが綺麗に並んでライトに照らされている、お洒落な造りだった。庭に面した席へ案内してもらって緑に触れると、身体の気怠さも和らいだ。品のいい静寂の中に、京都らしい独特な風情がある。

「先生。ここのわらび餅はね、黒いんだよ」

「うん。本物のわらびのデンプンでつくると黒くなるんだよね」

「し、知ってたの⁉」

「透明なわらび餅は、わらびのデンプンを使ってないでしょ？」

「すごい……俺、透明なのがわらび餅だって信じてたのに……年の功だね」

「年の功とは違うと思うよ」

ふたりで本わらび餅を頼んだ。やがて円形のお重がお盆にのってやってきて、段のひとつに水に浮いた五つの黒いわらび餅、もうひとつにきなこ。横の小さな碗に黒蜜が。

「黒い！　本当に黒い！」

ちいさんはつるつる逃げるわらび餅を四苦八苦しながら箸で掬い、きなこをつけてくちに運んだ。「おいしい……っ！」と喜ぶ満面の笑みに安堵し、俺も箸を持って食べる。

まだ温かいわらび餅は思いの外弾力があり、嚙み締めるとほのかな甘味が舌に沁みた。

「……先生、おいしい？」

「うん、出来たてでおいしい。これが本わらび餅の味なんだね、感動したよ」

「よかった――……俺、我が儘言って連れてきてもらっちゃったから、ちょっと心配してた。一緒においしいって思えて、嬉しい」

優しい子だなと思う。本当にいい子。この世にふたりといない、いい子だ。

「ねえ、ちぃさん。俺はもし黒に〝くろ〟って名前がない世界へ行ったら、わらび餅の色って説明してあげることにしたよ」

「名前がない世界？」

俺が頷くと、ちぃさんはわらび餅をしまった右頬を膨らませてほろほろ笑い、

「なら俺もそうしよう。きっとそんなこと言うの俺達だけだよ。大事な思い出ってことだよ」

と、幸せそうに肩を竦めた。

きなこと黒蜜、それぞれの味のわらび餅を堪能して、旅館につく頃には夕方になっていた。ちぃさんはなぜか次第にくち数を減らして俯きがちになり、和室の客間へ案内してもらってやっと座椅子に落ち着いたのと同時に、神妙な面持ちで切り出した。

「……先生。大事な人に、会わなくていいの」

「え、大事な人？」

「わかってる。京都に恋人がいるんでしょう？　引っ越すのは、その人との約束だって言ってたから。……ついて来て、邪魔してごめんなさい。俺、待ってるから、行ってください」

ぎこちない引きつり笑いを浮かべて俯き、テーブルの木目に視線を落としてくちを噤む。

勘違いさせていたんだと理解する一方で、なに言ってるの、と呆気にとられる自分がいた。

……なに言ってるの、あめちゃん。あんなに毎日好きだって言ったじゃない。

あめちゃん以外の恋人がどこにいるっていうの。おかしいよ。

その唇で、その声で、なに言ってるの。

「今日見た家もふた部屋あったし、先生は同棲を考えているんですよね？　彼女さんと見るべきだったのに、俺がいたせいで、すみません。遠距離恋愛なら真っ先に会いたいだろうに、わらび餅とか、なんか……ごめんなさい」

「……。ふた部屋の理由は、前に教えたよ」

「え」

ちいさんにとって自分の恋人はカヨコさんで、俺の恋人は京都の女性なのか。どうしよう。

今一瞬だけ〝そうだよ、京都に恋人がいるよ〟と、嘘をつき通すべきか迷ってしまった。

「……ちいさんはばかだ。俺は同棲なんかしないし恋人もいないよ。京都に知り合いはひとりもいない」

「で、も、約束って、」

「遠距離恋愛はしてる。離ればなれになった人との約束なんだよ」

俺を見るちいさんの下瞼がかたく力んだ。

「……京都で、その人の帰りを待つの？」

「もう会うべきじゃないと思ってる」

「……。今も好きなんですか」

「簡単に忘れられる恋なら、初めからゴミなんだよ」

言い終わる前に両手で目を覆って目頭を強く押したが、遅かった。ちぃさんの傷ついて強張った顔を、目の当たりにしてしまった。

太陽の残像のように、瞼の裏に鮮明にうつるちぃさんの表情を消したくて指で押し、自責の念に染まったどす黒い溜息を吐き出して、深呼吸する。

痛みに襲われたぐらいで、自我を失ってどうする。

「……と、そう。そうだ。夕飯、少しはやめに用意してもらおうね。昼食を抜いたからお腹すいたよ。ちぃさんはお菓子をいっぱい試食して満腹かな」

明るく快活に問うたのも逆効果だったようで、ちぃさんは低い小声で「……ん。大丈夫、食べる」とぽつりとこたえた。しかしすぐ俺に倣って晴れやかな笑みを繕い、腰を上げる。

「俺、ご飯が来る前にお風呂へ入ってきます。大浴場があるって、フロントで見たから」

「大浴場？」

「うん、大きいお風呂ってわくわくします。どんなふうかなー」

着替えを用意したちぃさんが、「すぐ戻りますね」とにっこり微笑んで部屋を出ていった。

……傷つけた上に、気をつかわせてしまった。自己嫌悪がまた重い溜息になった。

自分も部屋でお風呂をすませて浴衣に着替えると、ちいさんが戻ってきた。窓辺のテーブル席で外の景色を眺めながら、ちいさんは浴衣の肩を何度もなおす。

「すぐズレるー……俺、浴衣下手だ」

「普段寝る時はTシャツと短パンだもんね」

「わ。先生は俺のこと色々知ってるね……」

「メールで教えてくれたんだよ。『パジャマは着ません』って」

「メールで⁉　泊まりに行ったとかじゃなくて？」

「泊まりにも来たけど……その前に、こう、会話の流れで」

「どんな流れ！」

歩き通しの足から痛みが引くのと同じ速度で、俺達を覆う陰気な雰囲気も消え去り、夕食が運ばれてくる頃にはちいさんに笑顔が戻った。

相変わらず、おいしいおいしいと喜んで頬いっぱいに幸せを噛み締める姿が、俺の胸まで温かく幸せにしてくれる。

満腹食べたあとは渡月橋まで散歩することにした。店は閉店して人も観光バスも減り、昼間よりはゆっくり呼吸出来る。信号を渡って眼前に広がった桂川は想像以上に大きな川で、対岸は遠い。

川縁をのんびり歩きながら、微かな水音の中にひそむ、夜の静謐に耳を澄ました。

「……綺麗」

横でちいさんが呟く。その瞳は水面で揺れる光屑《こうせつ》を見据え、しんと尖っていた。

「ちいさんの目の方が、綺麗だよ」

うぐっ、息を詰まらせたちいさんの頬が、見る見る真っ赤になって黒目がくりくり瞬いたので、思わず吹いた。

「先生、くさい！」

「お風呂入ったばかりなのに、歩いて汗かいたみたい？」

「違う、絶対わかって言ってるよ！　キザ！」

「キザって言われたのは、二度目だなー……」

しみじみこぼして足元に視線を向けた俺を、ちいさんがじっとうかがっているのがわかる。

「……。一度目は、先生の好きな人？」

声が喉に引っかかって出ない。唇で軽く笑い返すだけで、顔をそっぽへ逃がしてしまった。

「先生……。なんで、好きな人と離ればなれになったの」

「……ン」

「先生の好きな人は……先生を、嫌いになった？」

「どうしたの、突然。そんなこと訊かないでよ」

あめちゃんの声で、訊かないでよ。

「でも知りたい」

「知らないままでいいよ」

「俺があめちゃんでもだめ……？　先生と仲が良かったあめちゃんでも、教えてくれない？」

渡月橋の手前で、横に並ぶちぃさんの歩みが止まった。数歩進んで俺も立ち止まった。

沈黙を夜風が裂いてゆく。……何分経過しただろう。結局そのまま渡月橋は渡れなかった。

「ちぃさん、手が凍えてるよ。京都の夜はまだ寒いね」と嚙み合わない苦笑いを交わし、あやふやに会話を切り上げて、旅館までとぼとぼ帰った。

胸の奥に残る痼《しこ》りを互いに無視して、外出中に敷かれていた布団に白々しく感激し、無駄に笑い合ってニッキ味の生八つ橋とお茶を味わって歯をみがいたあと、早々に床へつく。

……ちぃさんは寝返りを打って俺に向かい合い、微苦笑した。

ここに、突けば簡単に弾けそうな危うい空気が、まだ混在している。

「くちの中にニッキの懐かしい味が残ってるー……」

「〝懐かしい〟？　食べ物から記憶が戻ったりするの？」

「や……ううん。ごめんなさい。そんな気分になるだけ」

また苦い顔をさせてしまって、慌てて「全然いいんだよ、ごめんね」と謝罪すると、ひらいた心の距離が目に見える気さえした。

なんでだろう。浮いた感情が一瞬で落下する繰り返し。幸せに笑わせてあげたいのに、うらはらな言葉ばかり重ねて惑わせて。

「先生……この間先生と話したあとね、壊れた携帯電話のメモリーカードを見つけて、それを確認出来る携帯電話必死に探して、画像見たんです。動物とか、魚とか、景色とか……」

「メモリ、残ってたんだ」

「うん。そこに、一枚だけ先生の写真があったよ」

「俺の……?」

「動物園だと思う。穏やかな横顔だった。半袖のシャツを着て、ジーパンのポケットに手を入れて、昼だけでにっこり微笑んで」

……知らなかった。盗み撮りなんてえっちだね、あめちゃん。内緒で姿を保存して、思い出をこっそり温めながら、俺を好きでいてくれたのかな。困るよ、また会いたくなるじゃない。

あめちゃんなら今の俺を、どんな言葉で叱ってくれるだろう。

先生、とちいさんが手を伸ばし、俺の掛け布団を軽く引っ張った。うん、とこたえて微笑み返したら、ちいさんもほっと柔らかく微笑む。

「先生は〝思い出せ〟って言わない。思い出はたくさんあったはずなのに、今の俺を傷つけないように、慎重に接して傍にいてくれる。……ありがとう。我慢させて、ごめんなさい」

「よしてよ。記憶なんてもとから曖昧なものなんだよ。大切に憶えておきたいこと、忘れたいこと、忘れなければ生きていけないこと、人それぞれコントロールして過ごしてる」

「うん……」

「あめちゃんだって、きっと俺との思い出を全部憶えていたわけじゃない。間違えたり、都合よく歪曲して心に刻んでいた事柄もあったと思う。たとえ同じ体験をしても、ちいさんはあめちゃんがこぼしたものを拾って、刻んだものを捨てるかもしれないでしょう」

「……はい」

掛け布団の上で拳を握るちいさんの手を覆い、包んだ。

「人付き合いは、自分との対峙《たいじ》だよ。自分が素っ気ない態度をとれば、相手も素っ気なくなるし、気を許せば同じだけ寄り添ってくれる。相手が自分に愛想笑いするなら、ちいさんも愛想笑いで返してるんだよ。心当たりない？」

「……ある」

「ン。だから最初に心を許し合えたカヨコさんをうんと大事にして、ちいさんはちいさんの新しい人生を精一杯過ごしなさいね」

これが正しい。俺はちいさんの幸福を正確に祈れている。そう確信していると、ちいさんが言った。

「……先生のことは、誰が大事にしてくれるの」

「え」

「別れた人じゃなくて、傍にいる人と幸せにならないとだめだよ。じゃないとずっと寂しい笑い方しか出来ないよ。――恋、してください。先生も、また誰かを好きになってください」

灯りの消えた闇の中で、ガラス窓越しに外の木々がはらはら揺れていた。鈍い月明かりだけが葉を照らす静かな夜に、もう一度恋をして幸せになってと、キミが言う。

「……うん、わかったよ。ありがとう」

老いても繋いでいたいと願ったのはこの手だった。本当に、この手だけだったよ。

「ちいさん、そっちへ行ってもいい？」

「うん、いいよ」

躊躇《ためら》いなく俺を受け入れてくれる厚意に甘え、ちいさんの布団へ入った。ちいさんが澄んだ瞳で真っ直ぐ俺を見上げる。疑問も嫌悪もない真剣で透き通った眼差しを俺も見返して、その頬を包み、額を合わせた。

「――あめちゃん」

これが最後だ。

「あめちゃん、元気ですか。……元気ですか。俺の声、聞こえるかな。あめちゃん」

「せん、せ……」

「おやすみ、あめちゃん。ばいばいね。俺と二年間も一緒にいてくれて、本当にありがとう」

幸せだったよ。あめちゃん。あめちゃんとの記憶は、俺が全部持っておく。あめちゃんが俺の恋人でいてくれた日々のすべて、大切に胸にしまって生きていくよ。だからゆっくり眠りなさいね。

「ごめ……ごめ、なさい、先生。俺、なんにもなくて。記憶、なくて」

「責めてないよ、へんなこと言ってごめんね。俺もちいさんの幸せを願ってるだけなんだよ」

泣かせてしまった。

辛くなったが、俺が泣くのはちいさんの存在を否定することに繋がるので、奥歯を嚙んで耐え、ちいさんの背中を抱き寄せて宥めた。

そのうち泣き声が小さくなり、切れ切れに届く嗚咽《おえつ》の間隔も遠くなって、ふ、と消えた。

「ちいさん。……ちいさん、眠ったの」

窓の向こうから微かな葉の音が響いた。胸の中で眠るちいさんの涙を指先でそっと拭う。

『あめちゃん。俺は気づいたら、綺麗な夢を忘れていたよ』

『綺麗な夢……？』

『よく予知夢だとか言われるでしょう？　色鮮やかな夢。俺は物心ついてから夢すら見ないのがほとんどで、色つきって想像も出来ないぐらい記憶の彼方だったけど、昨日久々に見た』

『どんな夢だった？』

『寝ているあめちゃんの布団にこっそり入って、抱き締めて一緒に眠る夢』

『あはは。せっかく予知したのに、普通だ』

「ちいさん、」

『……うん。でもね、こう……花の香りを嗅いだ時みたいにさ、幸せの余韻がすぅっと身体の奥まで入って広がったままのほうけた気分で目覚めたら、横にあめちゃんがいてさ……すごいことだよあめちゃん。普通ってすごいことだよっ。自分の生活の中にたったひとりの大好きな人が普通に存在して寄り添っていてくれる現実は、尊い奇跡だよ！』

『先生。そんな、俺まで夢とか遠くの人みたいにしてしまわないでよ』

『……。わかった。そうだね。あめちゃんはここにいるんだもんね。ごめん。――愛してる』

愛してる。俺はなぜ、こんな優しいひとことが言えなくなってしまったんだろう。

京都から帰った数日後、予備校の教室の椅子に腰掛けてテキストを読んでいたら、突然ドアがガラッと開いて、ものすごく怖い顔をした相楽さんの拳が肩先に飛んできた。いたい。

「あんた、なんなの!?」

「先生……の、つもりです」

またぶたれた。

「先生じゃないじゃん！　先生じゃなくなるんじゃん！　辞めるってなんで言ってくんなかったの!?　今、秋津先生に聞いたよ！　どうして人づてに聞かないといけないのよ！」

「あー……ごめん。タイミング逃してた。相楽さんと別れるの、寂しかったのかもしれない」

今度は髪を鷲掴みにしてぐいぐい引っ張られる。

「いたいいたい、いたいですごめんなさい」

「サイッテー、無神経！　寂しいんだったら辞めないでよ！　私のこと好きになってよ！」

「？　寂しいのは、好きだからだよ」

「ころす！」

じろっと睨まれた一秒後、平手ではなく、相楽さんの両腕が俺の首を縛り上げてきて胸の中に抱き竦められた。柔らかい制服のセーターに顔を押し潰され、ぎりぎり束縛される。

「好きになってよ！　今までみたいにあめちゃんのこと好きでいいから！　あめちゃんと同じぐらい、先生のこと大事にするから！」

……ああ。そうだったのか。

相楽さんの想いと香水の甘い香りが胸にじんわり沁みた。力んで震える細い腕を撫でて宥め
「相楽さんのおっぱい大きいね」と言ったら、後頭部を殴られた。笑って見上げると、俺の首に腕をまわして身を寄せたまま、目元を引きつらせた泣きそうな顔で問うてくる。

「……あめちゃんと、京都に行くの？」

「ひとりで行くよ」

「なんで。会えなくなっていいの」

「会わないとこに行くんだよ」

「なにそれ」

「俺ね、最低でも裏切りでもいいんだよ。世間や他人にそむいても、あの子にだけは誠実でありたいからさ」

「意味わかんない。誠実なこたえが京都なの？　好きなら好きって言いなよ、私みたいに。先生は私のことも裏切った。さっきの好きって言葉、取り消して」

「取り消しても、相楽さんの記憶から消えないでしょう」

「……。うん。消せない。私は消さない！　消さないよ！　消さないのに！」

俺の肩へ相楽さんが突っ伏した拍子に、膝からテキストが落ちてバサッと乾いた音がした。

天井を眺めていると、相楽さんと勉強した時間が脳裏を過《よぎ》り、この子はたくさんの人に愛されるだろうなあと思い至る。俺なんかを人生の足跡のひとつにしてくれて、申し訳ない。

「……ありがとう、相楽さん。いっぱい支えてもらったね。今思えば、あめちゃんの連絡が途絶えても平静を保てたのは、相楽さんがあめちゃんのかわりに俺を叱ってくれたおかげだよ」

「別れの言葉みたいの、言わないでよ！」

「うん。あと数回、楽しく勉強しようね」

白衣の肩に湿った熱が広がるのがわかる。相楽さんが落ち着くのを待っていたら、開きっぱなしのドアから秋津先生が顔を覗かせて「あ」と停止した。はっと気づいた相楽さんも勢いよく俺から離れ、秋津先生が〝見ちゃった〟というふうな茶目っ気めいた笑みを浮かべると、

「聞いて秋津先生、あたし能登先生大っきらい！」

「うん、わかる、私も大っきらい〜」

なんて急にふたりして意気投合し、笑いだした。

相楽さんの手ごと恋心が離れたのを感じ取る。ふたりが瞬時に自分を救ってくれたことも。

……チャイムが鳴って、それとなく涙を拭う相楽さんに「勉強するよ！」と明るく背中を叩かれて授業を始めると、いい職場だったなと唐突に感じ入った。

予備校で働きだした当初から、自分は勉学しかまともにこなせない人間だと自覚していた。勉強にはこたえがある。要するに数もかたちも正確なパズルのピースを当てはめればいいだけなのだ。しかし人間関係は違う。ピースは弱々しく簡単に変容し、いびつに歪んで当てはまるべき場所に入るのを拒んだりする。気を抜けば数も減るのに対し、画《え》を収める額縁は自分の意志に反していくらでも大きくなってゆく。

世界は広い。目の前で立ち竦んで逃げるだけだった俺を変えてくれたのは、あめちゃんだ。そして最後はこうして、生徒と別れを惜しみ合えるまでに成長させてくれた。

また新しい町でもあめちゃんがくれたものを糧にして、生徒と接していきたい。

「じゃあね、先生。次の授業も逃げないで来てよね」

「逃げないよ。お疲れさま、相楽さん」

本日最後の授業を終えて携帯電話を確認すると、ちいさんからメールが届いていた。

『無事に着きました。おいしいケーキを買ったんです。先生の帰り、待ってます』

小旅行のあと、ちいさんは俺の家へ通うようになっていた。帰りの新幹線で俺が『翻訳家の夢はどうするの』と訊ねてしまったのが発端だ。

『それは……いまだに、悩んでいるんです。英会話は好きだと思うし、少しはしゃべれたりもするんだけど、理解不能な単語はたくさんあるし、でもそれがもとから知らないのか忘れたのか判断出来ない。今は感覚として〝好き〟って思うだけで、夢って言われると、なんか……』

『記憶を喪失したことで、色々曖昧になっちゃったのかな。けど夢があるのはいいことじゃない。どうせ勉強途中だったんだから、初心に戻って学んでいけばいいよ。……それとも、もう翻訳家になりたくない？』

『ンン……あ！　じゃあ、先生が教えてください！』

『え、俺が？』

『英語以外も、大学が始まってから授業についていけるか不安だったんです。一般的な知識すら微妙なんだもの。歴史とか、誰がいつどんなことをしたのか、さっぱりで』

『歴史関係は昔から苦手だったくせに……』

『なにか言いました？』

『……ううん。わかったよ。じゃあ都合のいい時にうちにおいで。見てあげるから』

『はい！』

それからほぼ毎日勉強会が開かれているが、ちいさんはおしゃべりばかりでいまいちやる気がない。しかもケーキとか言ってるし。やれやれと返信画面を出して『今から帰ります。昨日やった問題を復習しておいてください』と送信し、講師室へ移動して帰り支度をすませた。

あめちゃんは必ず一ヶ月に一冊本を読むようにしていると言い、付き合い始めてからもその宣誓を守り続けていたっけと回想して、ふと図書室へ寄って帰ろうと思い立った。

物置と化した図書室は埃っぽくて苦手だが、あめちゃんのお気に入りの場所だったのは知っている。歴史の勉強になる本はないかな、と物色しつつスチール棚の間を歩いていると、窓際の棚に立てかけてあった一冊の本が目に入った。……背表紙に『雨の名前』とある。

心の中で、ああ、と呟いて手に取った。なにげなくページをめくって雨の表情に魅入っていると、一番うしろのページに一枚の紙片が挟まれているのに気がついた。

――『千歳先輩、ありがとう』

愛らしい丸い文字。……遠い記憶の向こうにころころ微笑む小さな女の子の姿が掠めた。

俺が彼女に話しかけられたのは、夏期講習前期が終わる頃だった。

『能登先生が一緒に昼食を食べていた生徒の名前を教えてください』とてらいのない笑顔で訊かれ、一瞬で頭の中が真っ白になったのを憶えている。

好きになっちゃったの？　と返したら、彼女は手をくち元に当てて楽しそうに笑い、先生が生徒にそんなこと訊くなんてへん、と照れた。

……もしこの紙片があめちゃんのもとへ届いていたら、どうなっていたのだろう。〝千歳先輩〟という文字を指でなぞって、あめちゃんも相楽さんと同じたくさんの人に愛される子だと改めて痛感した。同性の俺を選んで一緒に生きてくれた時間はやはり奇跡だった。決して常識的とはいえない二年間が、あの子の人生から切り取られたのも運命に違いない。次はカヨコさんと正しい道を歩んで、男の俺にはあげられなかった未来を見出してほしい。積もる埃。古書の匂い。廊下を過《よぎ》る生徒の声。足音。結ばれた日、ここで交わしたキス。この予備校で働かせてもらえてよかった。……胸が潰れるほどに、深くそう思う。

夜十一時、家へつくとちいさんが「お帰りなさい！」と迎えてくれた。「ただいま」とこたえて自室へ行き、ジャケットを脱いでハンガーにかけていると、ちいさんはケーキと紅茶をいそいそ運んできてテーブルの上のテキストをぽいぽいよけ、用意してくれる。ラズベリーのムースケーキと、チョコケーキ。


「ちゃんと勉強していたの？」

「したした」

「してないなー、その言い方は。おやつは頑張った人が食べられるんだよ？」

「頑張ったよ、勉強しすぎで頭がガンガンするもの。ケーキで栄養補給しないといけない」

「あめちゃんはもっと真面目だったのに……」

ムとちいさんの唇がへの字に曲がった。俺が苦笑してテーブルの前に腰を下ろし、ちいさんの前髪を指先で流して、

「……ガンガンって、怪我のせいじゃないの」

と心配したら、すっと目を閉じて俺の手を受け入れてくれたちいさんは、「……ううん、違う」とこたえる。長い睫毛が掌の真ん中をやんわり刺した。離すと、ちいさんの笑顔が。

「これ、実家の近所にある有名なケーキ屋さんで買ったんです。食べよう」

あめちゃんとケーキを食べる時はどれがどちらのものと決めず、真ん中に置いて好きなようにつつくのが常だったが、ちいさんも当然のようにケーキを中央に置き、フォークをくれた。食べ始めて「おいしい！先生もこっち食べてみて」とすすめてくれる様子も同じだ。

「おいしいね。……でもおうちの人心配しないの？　しょっちゅうこんな時間まで出歩いて」

「ちゃんと〝勉強してくる〟って伝えてあるから、平気平気」

俺の目を見ず、ケーキに集中したまま涼しい顔で言うから腑に落ちない。叱らなくては、と意を決した瞬間、ちいさんの携帯電話が鳴った。

「あ、メールだ。……カヨコか。怒ってるみたい。先生と遊びすぎって」

「ほら、不快に思ってる人がいる」

んー……と唸ってフォークをくちに咥《くわ》えたまま、ちいさんはメールの返事をして携帯電話を鞄にしまった。

「バイト中カヨコに、昔は先生と動物園や水族館へ行ってたらしいって教えたら、〝私は塾講とそんなに仲良くならなかったなあ〟って不思議がってた。カヨコは予備校でマンツーマンじゃなかったし、男の先生ばっかりだったっていうから〝俺達はマンツーマンで同性同士だから普通じゃない？〟ってこたえたけど〝男同士の方がへんじゃない？〟だって。よくわからない」

「性別云々じゃなくて、相性だと思うよ」

「うん。先生は、俺以外にもメールしたり会ったりする生徒がいっぱいいるんでしょう？」

「生徒は大事だし相性の合う子もいるけど、プライベートまで晒し合える子はいないよ」

「え、そうなの？」

紅茶をすする俺をちいさんが不思議そうに見返してくるので、俺も首を傾げて続けた。

「信頼出来る他人に簡単に出会えるなら、孤独なんて言葉はこの世にないでしょう」

ケーキの方に視線を下げたちいさんが、ぎこちない指先でマグカップの表面を撫で、縮こまる。……あめちゃんが愛用していた白いマグカップ。この子はなぜか躊躇いなくこれを選んで使用する。

「俺……男同士でも、先生と一緒にいると辛いこと全部忘れて楽しめるし、安心出来る。たまに先生の腕に触りたくなるし、ふたりで眠った時も馴染んだし、へんだと、思わないです。でもへんなのかな。そういうの……他の人は、だめだと思うのかな。先生もだめだと思う？」

〝だめだと思う？〟――それは俺が昔あめちゃんに、自分を好いてほしくて向けたのと同じ問いだった。

ちいさんのそれが恋愛感情じゃないとわかっていても、思わず揺れそうになる心を砕く。

……一度。もう一度。

それから咳をこぼして「ちいさん」と呼びかけた。

「俺の好みはね、おっぱいがおっきくて、年上で大人っぽくて美人な女の人だよ」

「な」

「だからなにも問題ないんじゃない？　ちいさんは俺と添い寝しても、カヨコさんを心の底から好きでいればいいいんだよ。俺も別れた恋人を想い続けるから、ちいさんと一緒にいたって、カヨコさんを傷つけることにはならない」

眉間に小さなシワを寄せて唇を僅かに開き、ちいさんは痛そうな顔をした。あめちゃんの心の欠片が、ちいさんを惑わせているんだと認識する。だとしたら、俺が示す態度はひとつだ。

「いつまでも昔のように、俺の親友でいてね」

微笑みかけて、フォークでチョコケーキを裂いてくちに運んだ。クリスマスも誕生日もあめちゃんは必ずケーキを買ってきてくれた。シャンパンを開けてチキンを食べて、バレンタインにはトリュフチョコの甘さに感動して、ホワイトデーには飴玉をくちの中で交換した。

嘘をついてごめんねあめちゃん。ふたりで過ごしたあの温かな静謐を、嘘にしてごめんんね。

「ほら、日付が変わる前に帰らないと。ケーキ食べて十五分勉強しよう」

その後、ちいさんは笑顔を見せるものの勉強中も肩を落として悄然とし、心の反対側でずっと寂寥を引き摺っていた。

十二時前に家を出、夜道を並んで歩いてちいさんの実家へ向かう途中、哀しませたくない、愛しみたい、と嘆いて焦る俺の心が投げたのは、非難だった。

「ちいさん、ちゃんと勉強しないと翻訳家になれないよ。頑張れば、また留学することだって出来るかもしれないのに、せっかく勉強を見てあげても不真面目だ」

うん……と、俯くように頷いて苦笑したちいさんの髪が、夜風にふわと流れた。

「……正直に言うと、憎いんです。留学は二度としたくない」

「憎い……？」

「事故は自業自得だってわかってるし、相手の人もきちんと対応してくれたから、そういう恨みじゃないんです。ただ強い感情が鮮明に残ってる。〝寂しかった〟って。……寂しかった。もう二度と海外には行きたくない。夢も考えたくない」

あめちゃんの『先生は俺がばかでなんの取り柄もなくて価値がないってわかってても、好きなんて想うの？』という声が聞こえた。

「夢は大事にしないとだめだよ。自分の自信に繋がるんだから」

「……いい。今はいらない」

「いらないなんて言うもんじゃない。翻訳家じゃなくても、べつのなにかを探しなさい。いつか哀しい思いをするのはちいさんだよ」

「無理につくるものでもないよ。自らなにかしたいと思った時、自然と生まれる目標だもの」

突っ返されて、自分が昔言った『あめちゃんは、俺が三十歳になってやっと見つけた、たったひとつの夢だよ』という言葉も蘇《よみがえ》ってきた。

〝自らなにかしたいと思った時、自然と生まれる目標〟か。

「確かに……そうだけど」

なにしているんだろう。喧嘩などしたくもないのに、上手に優しく出来ない。あめちゃんには毎日好きだと言って、キスをして抱き締めて、つまらないささやかな幸せをあげられた。

ぴったり千円のレシートを見せて笑わせてあげられた。

花火を見せて〝嬉しい〟と言わせてあげられた。

モミジをプレゼントして〝ありがとう〟と喜ばせてあげられた。なのに。

「……先生」

押し込め続けていた憂いが堰《せき》を切って胸に溢れ出し、あと一週間足らずしか一緒にいられないのに、と焦れて喉が詰まった瞬間、顔を上げるとちいさんが小首を傾げて微笑んでいた。

「あのね、京都には四つ葉タクシーっていうのがあって、千何百台かの三つ葉のクローバーマークのタクシーの中に、四台だけ四つ葉マークのタクシーがあるんだって。それに乗ると幸せになれるって言われてて、結婚した人達もいるらしいよ」

「……そうなの」

「俺、四つ葉タクシーに乗るために、また今度京都に行くよ。先生に会いに行くよ」

細い前髪が風に揺れて、額を撫でている。……愛してる。本当は抱き締めたいけど。

「うん……カヨコさんと一緒においでね」

カヨコさん、ちいさんをお願いします、と祈った。会話するたび優しい言葉を見失う俺ではなく、カヨコさんとなら、この子は幸せになれる。

「……。先生、泣いてるの」

「泣いてないよ」

「でも鼻すすってる」

「寒いんだよ」

「もう春なのに……」

今この子の姿を刻みつけておかなければいけない。あめちゃんが海外へ発った日のように、離れてやっとわかるのだ。隣が寒い、いない、と。それでも振り向けず唇を噛んでいたら、ちいさんが俺の手を摑んで握り締めた。

「手、あったかいじゃない」

「ちいさん、」

「誰にも言わなかったけど、俺、歩いていると違和感があるんです。身体が傾いて不安定で、うまく真っ直ぐ歩けなくて、なにかに掴まらないと倒れそうな、そんな。……カヨコと初めて手を繋いだ時、女の子の手ってすごく小さいなって驚いた。折れそうで冷たくて一緒に倒れちゃいそうで。でも先生の手はとっても安心する。俺、父さん子だったのかな」

だめな俺を笑顔で許してくれる。この子のこういう温かさが好きだった。昔から。

翌日の午前中、引っ越し業者が段ボールを持ってきてくれたので荷造りを始めた。

もともと物に対する執着が皆無なので、本さえ片づけば簡単に終わるだろうと高を括っていたが、あめちゃんの私物に出くわすたび手が止まって困った。

なんだか本当に、ばかじゃないかと笑えてくるぐらい、いちいち泣いた。

ちいさんが〝自分の暮らしていた家に馴染まない〟と言っていた通り、あの子は俺のうちに入り浸っていたから、服や枕やブランケットなど生活に必要なすべてが置いてあったし、ふたりで行った場所のパンフレットも、記念に押したスタンプつきでファイルしてあった。

使わないのだから捨てるべきだと思うが、服を見れば抱き締めた感触が腕に広がり、枕を見れば一緒に眠った夜の寝息が聞こえ、ブランケットを見れば、月曜の朝焼けを待つ冬の深夜、一緒にくるまってミルクティーを飲みながら微笑み合った時間が蘇ってきて、心を襲う。

パンフレットなんて触ることも出来ず、途方に暮れた。

『——恋、してください。先生も、また誰かを好きになってください』

あの声が幾度も頭を叩くのに、あめちゃんの面影が残るすべてをゴミ箱に放ることなど出来ず、愛おしくて愛おしくて、寂しい。子どもの頃もここまで泣いた経験はないなあと追想しつつぼろぼろ涙をこぼし、埃のせいなのかなんなのか、ごほごほ噎《む》せながら作業した。

予備校では、その夜から最後の授業となる生徒が増えてきた。「薄情もん」とか「舞子さん紹介して」とか、それぞれに温かい別れの言葉をかけてくれて、また泣けた。

授業を終えて講師室へ戻るたび、秋津先生が俺の顔を見て笑い転げる。

「あはははは。また泣いてる！　だいの大人が！　生徒の前で！」

「だってみんないつも以上に優しくするんだよ、反則だ……」

「自分で辞めるって言いだしたくせにね〜、あーおっかしい」

別離の切なさもこうしてじわじわ増してゆくものなのだと知る。卒業式で号泣していた級友の気持ちが今になってわかった。俺にとって別離は解放で、哀愁ではなかったのだ。本当に様々な感情を置き去りにして生き続けてしまった。

「私、今週末の送別会はデジカメ持っていこー。能登先生の面白い顔を撮っておかなきゃね」

「へ。送別会なんて催してくれるんですか？」

「そりゃそうでしょ。本人なのに聞いてないの？」

「知らなかった。そうか、送別会か……」

尊い奇跡は意外といくつも近場に転がっている。あめちゃんの存在に背を押されて講師仲間ともだいぶ親しくなっていたので、みんながわざわざ集まって送り出してくれるなんて堪らない。ただでさえ脆くなっていた心に降りた僥倖《ぎょうこう》が大きすぎて、項垂れた。

「楽しみにしてます……どうぞよろしくお願いいたします」

その夜、帰宅途中に百円均一ショップでガムテープと包装テープを物色していたら、ちいさんからメールが届いて『今日は行けなくなりました、ごめんなさい』と告げられた。

『うん、いいよ』と返したが、翌日も仕事を終えて帰宅した家に姿がない。忙しいのかな、とさして気にとめず引っ越し作業を続けていると、十時をまわった頃に電話がきた。

『先生、すみません。なんかカヨコがぐずって、一緒にいてって拗ねてて』

……なるほど、そういうことか。納得して携帯電話を肩に挟み、包装テープで本を括る。

「うん、カヨコさんといなさい。俺の部屋は散らかってるし、勉強出来る状態でもないから」

『だけど、』

「わからない問題があれば電話しておいで、教えるよ」

『電話じゃもどかしい』

「もどかしい?」

ちいさんの口調に苛立ちが含まれている。ぴりぴりした切迫感も走って、雰囲気が妙だ。

『散らかってるって、引っ越しの荷造りですよね。もう足の踏み場もない？』

「キッチンが終わっただけで、自室と書庫は出入り出来るけど……」

『行きたい』

「え？」

『行きたいです、会いたい。俺、先生に会ってないといけない気がするんです』

携帯電話の向こうから届く切羽詰まった息づかいと、強い風の音が沈黙を繋いだ。

意識を澄ましてちいさんの表情を静寂の先に探していると、包装テープを持つ手から力が抜けていった。

「俺は恋人を大事に出来ない人は嫌いだよ」

『一ヶ月一緒にいてって言ったのは、先生じゃないですかっ』

「そんなちいさんには会いたくない」

『……どうせ会えなくなるのに』

「なにがあったの？　様子がおかしいよ。カヨコさんと喧嘩した？」

『焦ってるんです！　じっとしてちゃいけない。先生に会わないといけない。一日一日別れが迫ってると思うと、胸が騒いで焦る。先生に会えば理由がわかる気がするんです』

その焦燥の起因が、あめちゃんの感情であるのは明らかだ。

「忘れて」

『せ、んせ……、』

たんこぶのように出っ張った邪魔な感情だ。カヨコさんといれば、いずれ癒えてなくなる。

「忘れなさい。はやく忘れることがちいさんのためだよ」

『俺はそう思えないです！　カヨコといても、先生のところへ行かなきゃ、行かなきゃって、それしか考えられなくて、俺の苛立ちが伝わってぎくしゃくするだけで、』

「この間、カヨコさんと話したばかりなのに……。来ないでね、ちいさん。ちいさんを許したら、俺までカヨコさんを大事にしようって話したばかりなのに……。ちいさんを裏切ることになる。ちゃんと仲直りしなさい」

些細な亀裂ならすぐ修復出来る、と急く俺の耳に、ちいさんの低く呻くような声が響いた。

『……先生。俺は先生と今の状態で別れる方が、カヨコを裏切り続ける気がする』

「そんなことないよ」

『嘘だ。わかります、嘘だって』

「俺はちいさんの幸せしか考えてない」

『こうやって、俺はずっと大事な過去に気づかないまま、周囲の人間を傷つけているんです。でも傷つけてることしかわからずに、結局みんなの思惑に従ってるだけなんだ』

「ちいさん……」

『先生が〝簡単に忘れられる恋なら、初めからゴミだ〟って言った時、俺傷ついた。傷ついたんです！　俺には過去に恋人がいたんだ、そうでしょう？　そんな大事なこと、なんで教えてくれないの⁉』

よしてくれ、と怒鳴りたかった。

なんでわからないんだ。俺といても喧嘩になってるじゃないか。

カヨコさんを想い続ければ、結婚して子どもをつくって親孝行出来る。

ふたりで手を繋いで笑顔でキャンパスを歩いていた、あの日のまま幸福でいられるんだ。

『もういい。もういいです』

「ちいさ、」

『俺は俺で、自分の真実を探します』

おやすみの挨拶もないまま、会話は断ち切られた。

二日後の金曜日、予備校を退職した。

送別会は翌日の土曜の夜だったので、職場のみんなとも感傷に浸ることなく「遅刻厳禁ですよ」「うん、ありがとう」と普段通り明るく別れた。

相楽さんまで「私、明日の送別会に行くから」と有無を言わさぬ強引さで断言し、「場所は居酒屋なんだから、おうちの人に許可取って来なさいよ」と叱ったが、「はいはーい」なんて適当に返事して手をひらひら振り、帰っていってしまった。

ちいさんは来なくなった。

渡してあった合鍵だけポストに入っていて、メールで、

『鍵、受け取ったよ。今日来てくれたんだね。喧嘩別れはいやだから、カヨコさんの件が落ち着いたら仲直りだけしよう』

と届けたが、返事もなかった。

段ボールだらけになった廊下の奥、ベッドと小さなテーブルのみのガランとした自室で立ち尽くし、壁や床に沁みついた俺を呼ぶあめちゃんの声、料理中の油が弾ける音、玄関の扉を開いて帰ってくる時の気配に頭を叩かれながら、悔恨《かいこん》に暮れた。

……ところが土曜日、〝今夜も連絡がなければ電話しよう〟と決めてから出かけた送別会で一時間経過した頃、秋津先生がにやにや近づいてきて、こう訊いた。

「ねえ。今日ちいさんが私のところへ来たの、知ってる？」

「え。秋津先生のところ……って、ちいさんが予備校へ行ったってことですか？」

「聞いてないかー」

それもそうね、と独り言を重ねて笑う彼女に戦慄したが、ちいさんの目的はすぐわかった。

「話してませんよね、なにも」

「さあ、どうでしょう」

「もし話したなら撤回してください。今電話するから」

「撤回しても手遅れだと思うけど？　——正直にこたえなさいよ。私がちいさんに貴方とあめちゃんの過去を洗いざらい教えていたら嬉しい？　それとも不愉快？」

黙り込むと、中途半端ー！　と肩を殴られた。

「濁しておいたわよ、〝いちゃついてたのは本当よ〟ってね。ほっとした？　絶望した？」

「一応、ほっとした」

「それってちいさんに〝もうカヨコが好きです〟ってふられるのが怖いからなんじゃないの？　もしくはあっほみたいに引っ越しまで決めちゃって、今更あと戻り出来ないからーとかさ」

「……。わからない。けど、秋津先生の方が俺の心情をよく理解している気がする」

「えーえーふられたあと同性の恋人を紹介されて、長い間見守ってきましたからねぇフフフ」

怖い、となにに怯えているのかもわからないまま、ただ漠然と思った。そしてその色も香りも意志もない全部を、秋津先生の愉快そうでいて鋭利な瞳には見透かされていると予感した。

ならば彼女に俺との過去を問いただしたちいさんの姿は、どう見えたのだろう。

ふとそらされた彼女の視線は、向かいで若い男性講師と声を立てて笑う相楽さんの姿を捉えた。

「彼女に聞いたけど……貴方、千歳君に〝誠実でありたい〟って言ったんだってね」

「……ガールズトーク」

「貴方って最初っからそう。初恋してだいぶましになったけど、根っこの部分は繊細だからこそ、泰然自若で自分勝手に歪んでるのよね。他人からは好きって言われるより、嫌いって言われる方が安心するんでしょ？　ばかみたい。ちいさんは自分に正直に、真っ直ぐ恋愛してるんだなーって思った。いい子よね、相変わらず」

……歪んだ俺と、真っ直ぐなちいさん。

「なら秋津先生は、俺達の未来が最初から毀《こわ》れるものだと悟ってた？」

「は？」

瞼を下げて目を細め、テーブルに頬杖をついた秋津先生が苦笑した。俯いて、顔を髪に隠して笑い続け、そのうちお腹を抱えて大笑いする。

面食らったが、彼女が「まったくさあ……」と親しみ交じりに洩らす横顔に、かつて自分に向けられていた懸想《けそう》がちらついた気がした。

「貴方を叱るのは私の仕事じゃないんでしょ？　元気でね、能登先生。大っきらい」

一時間後、仲間にひとりずつ挨拶し、相楽さんにも「大きらい大きらいっ」と散々泣かれてみんなに冷やかされ、鈍色の夜空の下、物悲しく面はゆい喪失感を引き摺りながら帰宅した。

携帯電話を確認してみるが、今夜もちいさんからメールの返事はない。

すでに深夜だったので、電話をする前に様子をうかがおうとメール画面を出し、

『ちいさん。明後日、品川駅に見送りに来てくれる？』

と届けたら、三秒と経たず電話がきた。

『先生、好き』

その第一声に、意識が砕けた。

『先生といたい。離れたくない』

「……そ、」

『先生が遠くへ行ってしまうのが怖いです。俺はなんで、こんなことを思うんですか』

力強くかたい声の先に、渡英する前日、苦い笑みを浮かべていたあめちゃんがいる。

「ちいさんじゃ……ないから。それは、ちいさんの感情じゃ、ないから」

『俺だよ。俺がこのくちで言ってるのになんで否定するの？』

「よそう、ちいさん。言い争いたくない。もう俺は千円のレシートもモミジも持ってなくて、ちいさんを笑わせてあげられないんだけど、でも、怒った声は聞きたくないんだよ」

『怒ってない、頼んでるんです。なに？　モミジってなに……？　教えてほしい』

体内から感情が放出されて千々に散っていく気がした。凍えて脱力した身体を、横に積んである段ボールへあずける。あのモミジが何色だったのかさえ、わかるのは俺だけだ。俺だけ。

これが本当の孤独か。

「そうだね、ごめん。わからなくていい。モミジなんてなんの意味もないよ」

『なんで。どうして隠すんですか？』

「大丈夫。カヨコさんに対する気持ちに向き合うことが、お互いの幸せの近道だよ。たとえ昔恋人がいたとしても、今カヨコさんを好きなんだから、知る意味がない。捨てていいんだよ。ちいさんの枷にしかならない過去だよ。今を生きるしかない、わかるでしょう?」

『捨てるかどうかは俺が決める。人に左右されることじゃないです』

「明後日会おう。十一時に、また品川から新幹線へ乗るから」

『……先生はそうやって俺を責め続ける』

「好きだよ」

『ばか!』

電話が切れた。すぐにメールで『おやすみ』と届けた。返事はなかった。

涙のたまった目に、携帯電話の液晶画面が眩しくてベッドに放る。段ボールと雑巾が粗雑に転がり、歩くだけで靴下が黒く汚れる埃まみれの部屋は、数日前までの整頓された状態など見る影もないのに、あめちゃんが消えた虚無感だけ、やけに鮮明に知らしめた。

……前に『先生は遠距離になっても、なにも怖くない?』と、あめちゃんに訊かれたっけ。

あの頃の俺は、あめちゃんと繋いだ絆に絶対の自信を持っていて、なんてかわいいことを言うんだろうと浮かれていた。〝先生の心が離れたらどうしよう〟という不安も〝ひとりになるのが怖い〟と言葉の裏に含めて届けてくれる甘えも、ひとつひとつがあめちゃんの恋心の証で、俺達は両想いの恋人同士なんだと感じ入り、脳天気に至福に浸るばかりだった。

怖いわけがなかった。なんでも出来た。あめちゃんの存在が俺の活力の源だった。

あめちゃんが暗闇を怖いと言うなら歌をうたってあげたし、あめちゃんが失敗したと主張する手料理すべてが世界一美味しいご馳走に思えたし、あめちゃんが汚いと照れる身体のどこも、俺にとっては見せてもらえるだけで夢のような、愛おしい命の一部だった。

俺達は想い合ったまま変わらないんだと理解していた。盲信なんて一方的な熱情じゃない。それだけ確かな絆だった。あめちゃんの心が、ここにあったからだ。

「ばかって言われた……」

掌に涙がはらはら落ちた。痛む胸を押さえて涙を拭い、それでもあめちゃんとの約束は絶対に守り通さなければ、と奮起して、今一度立ち上がった。

出発当日の月曜日、いつものように朝焼けを見た。

太陽が昇るのと同時に、群青色の空から次第に色が落ちて藍色に変化し、やがて青くなる。そこへ日光が黄金色の光線を放ち始めると、地平線上に橙色が海のように広がり、青と金色と橙色のグラデーションが生まれて、上空の雲に淡い鴇色の影が差してゆく。

振り向くと、引っ越し業者に荷物を全部運んでもらって、がらんどうになった部屋の床に、白い日差しが伸びていた。

手元に視線を下げ、持っていた携帯電話を見る。掌が黄色い光に包まれていた。

メール画面を出して文字を打ち、最後の決意を送信する。

『おはよう、ばかです。十時に迎えに行きます』

九時過ぎに不動産屋立ち会いのもと敷金について話し合い、書類にサインして鍵を返してから、ちいさんの実家へ向かった。

路地を曲がって、密集した家の中に赤い屋根の立派な一軒家が見えてくると、その玄関の横にジャケットのポケットに両手を入れ、俯いて塀に寄りかかるちいさんを見つけた。

俺に気がついて唇を曲げる。別れの日までこんな険悪な顔をさせている自分が情けなくて歯痒くて、でも待っていてくれた事実が嬉しいほど哀しくて。

「……ばかが迎えに来ました」

「しつこいっ」

腕をぶたれた。「ごめん、行こう」と促して歩き始めたら、いきなり手をきつく握り締められて、頭が真っ白になった。

「だめだよ」

振りほどいたが、

「うるさい」

と一蹴されてまた掴まり、今度は指を絡めて離してくれなくなる。

「カヨコさんを哀しませるよ」

「俺は自分の意志でしてるし、先生は別れた恋人に未練を持ってるから問題ないんでしょ」

「……擦れ違う人に、笑われる」

「構いません」

「俺は構う」

「先生は俺と手を繋ぐのが恥ずかしいんですか」

……なにも知らないはずなのに、知っているちぃさん。手を引き寄せられるがまま歩き、ぎこちない空気をふたりで背負って、互いの靴を睨みながら駅へと無心に進んだ。

「家……引き払ったんですか」

「うん、もう入れないよ。……勉強、中途半端になっちゃったけど、ひとりでも頑張ってね」

春の香りをはらむ暖かい風が吹いていた。一歩踏み出すたび足音に交じって、ざり、ざり、と靴と石ころが擦れ合う音がする。

俺の声は萎んでいるくせに冷静で、ちぃさんの声は尖っているくせにたまに掠れる。

「携帯電話の写真にあった動物園はどこですか」

「ひみつだよ」

「水族館とプラネタリウムは」

「教えない」

ぎりりと握り締められる手から苛立ちが伝わってきた。

「もういい。……もういいんだよ、ちいさん。一緒に歩いた道で、別れを惜しんだ街灯の横で、〝わからない〟〝知らない〟〝俺はなにを言ったの〟って、もう聞きたくない」

「先生っ！」

「先生なんて呼ばなくていい」

「だっ……、」

「ちいさんは、あめちゃんが俺に聴かせようとしてくれた曲を知らない。食べさせようと想ってくれた食べ物を知らない。ちいさんと違ってあめちゃんはいつも笑ってくれたし、理不尽な怒りをぶつけたりしなかった。ちいさんはあめちゃんの中で生きている別人だよ」

「比べるなよ、俺は俺だよっ」

「違う。あめちゃんは死んだ」

手を握り返した。潰れるぐらい握り締めて、ちいさんが痛がって指の力を緩めても握り続けた。鼻をすする音が聞こえて、ちいさんの足下にはらはら光の屑が落ちる。それでも懸命に声を殺してふらふら躓きながら歩くちいさんを、心の底から好きだと想った。

これでいい。これでこの子は幸せになれる。

品川駅に着くまで、ちいさんは泣きやまなかった。手も離さなかった。

のろのろ歩いたせいかホームへ立つと新幹線が到着してしまい、そのまま乗り込もうとしたら、繋いだ手に力を込めて足を突っ張り、止められた。「時間だから」と宥めて掌を開いても袖を摑み、真っ赤な目で睨んできて頭を振る。

「見送りに来てくれてありがとう。一ヶ月、たくさん話が出来て嬉しかったよ。じゃあね」

優しい口調を努めて別れを告げた。

くちをへの字に曲げたちいさんの目が涙に覆われ、下瞼からほろとこぼれた。

「先生、大きらいだ」

「うん」

「親友で、いてって言ったのに」

「カヨコさんといつまでも仲良く、幸せになるんだよ」

手を振り払って踵《きびす》を返すと、新幹線の入口に一歩入ったところでうしろからジャケットを摑まれ、また引き戻される。

振り向いて見返したちいさんの顔には、まだ激しい哀惜《あいせき》が燻っていた。

「あめちゃんとのこと教えてくれないと、離さないよ!」

「いい加減にしなさい、ちいさん」

「先生、俺はっ、」

もうやめてくれ、と腕を振りほどいた先に、あめちゃんの、ちいさんの顔が揺らぐ。

「……教えない」

キミと見たフンボルトペンギン。マンボウ。オーロラ。月曜日の朝焼け。

互いの手をきつく結んで、いくつもの想い出を重ねた。キミがあめちゃんだった日々。

「教えないよ」

「先、」

今一度ちいさんの肩を押して遠ざけた。

目を眇めてちいさんの姿を視界から半分消し、言う。

「ちいさんに過去のすべてを話して、あめちゃんが戻ってくるの」

……ぼろ、とちいさんの目から大粒の涙がこぼれた。

さよなら、ちいさん。……あめちゃん。

心の中から告げると、目の前で奥歯を噛み締めたちいさんの瞳が涙に覆われて潤み、同時に発車のメロディが俺の声の残響ごと掻き消して、扉もプシューと閉まり始めた。

俺達の世界が切り離される寸前、ちいさんの下瞼からまた落ちた涙が白く瞬いた。

さよなら、ともう一度、声もなく伝える。

ところが、ちいさんは瞼にグッと力を込めたかと思うと、俺を真っ直ぐ見据えたまま、右足を大きく一歩踏み出した。え、と息を呑んだ拍子に、柔らかい髪の太陽の香りが右頰を掠め、胸に飛び込んできた存在感。体温。

躊躇なく閉まった扉を呆然と眺めていた俺の心臓に、ちいさんがドンと拳を打った。

「ひどい……ひどいよっ……先生はひどい！　ひどい！」

「ばかっ、なにしてるんだよ！」

「ひどい、最低だ、先生はっ……」

「どっちが最低なんだ、こんなことして！」

信じられない、ばか、ばかだ、と責めて罵った。俺の胸に顔を押しつけて、ちいさんは俺を叩いて、しがみついて、離れない。

「先生、が……俺を、いらなくても……俺は、先生といたい」

「俺はあめちゃんと約束した。長生きして、あめちゃんが死ぬのを看取るって。その約束は果たしたよ、一ヶ月かけて看取った。だからもう終わった。ちいさんはいらない」

「死んでなんかない。あめちゃんに、なるから。あめちゃんに……なる努力、するからっ、」

「もう黙りなさい聞きたくない。あめちゃんは起きたらだめだ。こうやってちいさんの人生を邪魔する。俺も京都へ行くよ。ちいさんの新しい生活を二度と惑わせたりしない、わかって」

「わからないって言ってるだろっ、わかるかよそんなこと！」

心を掻き乱す恋情が炎のように身体の中心で燃え盛り、体内で渦巻いて突き刺してきた。

新幹線がゆっくり速度を上げるにつれ、視界の隅で外の情景もざらりと流れてゆく。言い争っていられる時間はない。

「……ちいさん。十分後に新横浜に着く。そこで降りなさいね」

「先生、は……？」

こんな時までまた〝先生は〟か。

俺はキミに迷惑をかけない場所へ行きたいんだよ、と突き放すのも限界で、叱るようにちいさんの左耳を嚙んだ。

驚いて身を縮めたちいさんの右手に触れ、春風すら入り込む余地のないほど繫ぎ合わせる。

あの出会いを、教室に響いた笑い声を、一緒に鴇色の朝焼けを見た二年間を、握り締めた。

「先生、いやだ。会えなくなるなんて、いやだ。……教えろよ、ばかっ」

「ちいさん……」

「なら、先生の、新しい家の条件、なんで日の出だったのか……それも、教えてくれない？」

涙にくぐもった声に問われ、下唇を嚙む。

「……月曜日の朝が、好きだからだよ」

「好き？」

「一週間が始まって、大好きな人とまた生きていけるって実感するのが幸せなんだよ。太陽が綺麗に鮮やかに輝いている朝焼けを見ると、自分の命の価値を見出せる。この子のために自分の人生があるんだ、頑張ろうって、そう思える」

胸の中でちいさんが身じろぎし、顔を上げて見返してくる。

「……電話で、日曜日は徹夜するのが大切な人との約束だって、言ってたのは……このこと」

「そうだね」

「あめちゃんと見てたんだ、月曜日の朝焼けを！　そうでしょうっ？」

引きつった叫び声が響いて尖った瞳の表面で涙が揺れた。その目に睨まれているのが辛くて堪らず、頭を引き寄せて自分の肩に突っ伏させると、しゃくり上げる振動が伝わってきた。

「一度だけ、あめちゃんと喧嘩をしたよ」

「……ど、んな」

「俺がひとりで起きて朝焼けを見ていたら、あめちゃんが起きてきて怒った。……そのあと、夜までくちを聞いてくれなかった」

『起こしてよ！』

『あ、あめちゃんが気持ちよさそうに寝てたから、悪いと思ったんだよ？』

『だめだよ、起こしてよ！　約束したじゃんか！』

「夜に電話で理由を教えてくれた」

「なんて……？」

俺はちいさんの背中を静かに慈しみながら撫でた。温かな体温が掌に優しく沁み渡る。

「……ちいさん。さよならね」

問いかけにこたえず、二度目の別れを合図に徐々に新幹線の速度が下がってくると、アナウンスも停車を告げた。

意識を失ったように抵抗しなくなったちいさんを離し、俯く頬を右手で包んで、震える唇を親指でなぞる。端から端まで丁寧に。呼吸が指先に届いても撫でた。何遍も、何遍も。

人間のふりが出来ない石ころだった俺を、拾い上げて話しかけて、輝くまで磨き続けて人間にしてくれたのはキミだったよ。千歳、ありがとう。愛してる。おやすみ。

微笑みかければ、ちいさんは反対に涙をこぼす。

新幹線が停車して手を離すと、咄嗟に摑み返され、俺は笑ってしまって「ほらもう」と外へ追い出し、最後の最期まで結ばれていた指先をふつりと切って、またちいさんの目からこぼれた大粒の涙を見た。

すぐに背を向けて、扉が閉まる音を聞く。

背後のちいさんを振り向けぬまま新幹線が走りだすと、服と掌に残った体温も香りも冷めていき、必死に耐え続けた涙が一気に溢れて、ばらばらこぼれ出した。

心を引っ搔く痛みが声を潰し、千歳、とただ無心に胸の内で繰り返して、凍えた指先をコートのポケットに入れると、携帯電話を出す。

あめちゃんと付き合っている間ずっと使い続けてきたぼろぼろの、傷だらけの携帯電話。

『俺が帰国したら、同じ携帯電話に変えよう』

『ん?　一緒に機種変更するの?』

『うん。うまく言えないけど……先生との新しい時間の始まりみたいになると思って』

『……そっか。わかった、いいよ。俺も頓着しないで使い続けてたから、いい機会だよ』

開いて、そのままへし折った。


朝日に瞼を刺されて眠りから覚めた。毛布を引き寄せて光を遮り、目を開く。

茶色の段ボールの壁がぼやけた視界に入り、その積み上がって大木みたいになった箱の数を、いち、に、さん……と無意識に数えただけで溜息が洩れた。

カーテンをつけていないガラス戸も眩しくて堪らない。

「家に帰りたい……」

帰る場所などないのに、昨日からここが家だというのに、現実を認めたくなくてちくはぐな甘えをくちにした。だって汚すぎて荷物が多すぎて、滅入る。

「誰か片づけてくれないかなー……」

一応、ベッドだけは設置して、餓死しないように近所のスーパーでカップラーメンを買い込んだ。生きようとする人間的な行動が出来ただけでも、誰かに褒めてほしい気分だ。

でもここには秋津先生も相楽さんもいないし、携帯電話もない。

「あめちゃん……」

また涙が出た。涙っていつ涸《か》れるんだろう。おじさんになってとうとう経験した初めての失恋だからしかたないかな。あと一分だけ寝て甘えたあとは、鬱《うつ》を全部振り払って予備校の面接へ行こう。

ぐだぐだしている俺を見たら、きっとあめちゃんが怒るから。

「……いや。面接の前に新しい携帯電話か……」

毛布を被って踞《うずくま》った。するとピンポーンとチャイムが鳴り、一度無視したのちまた鳴った。

諦めて起き上がり、新聞屋かしらと思いつつインターフォンに出ると、野太い男の声が『荷物のお届けですー』と言う。

引っ越した翌日に荷物？

住所など誰にも教えてないのに？

「間違いだと思いますけど……」

『あれぇ？　能登匡志さんでいはりますよね？』

「そう、ですね」

なにこれ怖い。

玄関へ移動し、恐る恐るノブに手をかけてドアを押したら、なんのことはない、本当に荷物だった。しかも配達員が台車で運んでくるほど、なかなか大きな段ボール。

「なんですかこれ」

「中は見られへんのでわかりませんけど……。品もんは〝衣類〟ですし、そんな重たいてことはないですわ」

「いるい？」

伝票をもらって確認した。送り主に〝能登千歳〟とある。

ち、千歳……!?

「おうちの方とちゃうんですか？」

「ち、違いますっ」

どんなイタズラだ、と溜息を吐き捨ててサインし、段ボールを玄関に入れてもらって見送った。……まさか京都へ内見に来た日、俺が手続きしている横で住所を記憶したのか？

脱力して困り果て、寝ぐせだらけの頭をがりがり掻いて唸っていたら、再びチャイムが。

「はい」

どちら様、と続ける前に否応なくノブを捻ってドアを開けられてしまった。

えっ、と絶句した次には、ちいさんの姿が現れて意識が飛ぶ。

「ただいま。荷物届いたみたいですね、今宅配便の人と擦れ違いました。よかった」

「ちい、さ……なんで。ただいまって、どういう、」

平然と靴を脱ぎ、許可なく中へ入ってきた。

まるで意味がわからなくて混乱する俺をよそに、中央のダイニングへ進んだちいさんは奥と手前のふた部屋を確認して、「うん」と頷く。

「先生、ひと部屋ください」

「は？　あげないよ」

「じゃあ先生と同じ部屋で生活します」

事前に服を送って突然家へ来て、ひと部屋よこせって……行動が突飛すぎて、思考がついていかない。昨日の今日で、なに言ってるんだ。

「帰りなさい、今すぐ」

「帰らない。先生が俺をいらなくても、俺は先生だけが欲しいから」

振り向いたちぃさんが黄金色の朝日に照らされて瞳を凛と輝かせ、一瞬怯みそうになった。

「……ちぃさん。自分が事故に遭って、家族や友達がどれだけ心配してると思ってるの。今だからこそみんなに愛されていることを、ちぃさん自身が身に沁みてわかっているでしょう？　ご家族になんて説明してきたか、言ってごらんなさいよ」

「俺の好きな人は大ばかで、京都に行くって聞かないから、俺も行くって書き置いてきた」

「大学は」

「休学しました」

「カヨコさんは」

視線を下げ、ひとつ息をついたちぃさんは、俺を真っ直ぐ見上げてこたえる。

「別れました」

「え」

「……俺は電話で〝真実を探す〟って言ったあと、先生と暮らす準備を始めたんです。どうしても先生のくちから過去のことを聞きたくて黙ってました。昔の関係から目をそらさないで、俺達は恋人同士だったたって、ちゃんと教えてほしかった」

「そんなこと言うわけがない！　俺はあめちゃんのおかげで恋する相手に出会うことがどんなに稀少で貴重なことか知った。〝新しい恋人がいる〟って言われたら、祝福するに決まってるじゃないか。悔いるのは、日本でのうのうと帰りを待つだけで、事故のことも知らず助けることも出来なかった、ばかな自分だけだよ！」

「俺が先生の恋人だったことは貴重じゃないの？　日本で黙って待っていてくれた先生の存在は稀少じゃないの？　先生にとっては簡単に毀《こわ》せる関係だった!?」

「奪うのが正しいって？　俺はカヨコさんとは違う、三十二の男なんだよっ」

「俺それでいいって思ったから先生と付き合ったんでしょ、なんでまたそこで躓くの!?　もし先生に不満を抱いていたなら、きっと綺麗さっぱり忘れてたよ！　こんなふうにどうしようもない感情に駆られて追いかけて、もう一度振り向いて欲しいって懇願したりしなかった！」

愛しさが苛立ちにすりかわる。

歯を噛み締めて大股でちいさんに近づき、腕を掴んで玄関まで引き摺った。「やだっ」と抵抗しながら、ちいさんは鋭い瞳で俺に訴えてくる。好きだと。

「ちいさんは傲慢だ、誰の気持ちも考えてない！　一度でも恋人だって言われたカヨコさんは今頃どう思ってるんだ！　振りまわされて捨てられて、ちいさんに都合よく利用されただけじゃないか！」

「……うん、確かに傷つけた。でも先生だって秋津先生に言ったでしょ⁉　選択する権利は俺にあるって！」

「秋津先生ったら……っ」

「先生は誰を選んだの⁉　傷つける優しさも奪う覚悟もないまま、自分の考えだけ押し通して京都に逃げて、誰にも向き合ってない。誰に対しても不誠実だ。俺は先生を選んだよ。もう過去はどうでもいい。今日から先生と一緒にいちから始めたい。今の俺の正直なこたえだよ！」

「あめちゃ、じゃない、ちいさんとは価値観が合わなくて全然話にならないよ！」

玄関にちいさんを放り出してドアを開けた。靴を拾って外に投げ捨て、今一度怒鳴る。

「出ていきなさい！　俺は絶対に家には入れない。実家に帰って親の前で土下座して、自分がなにをしたのか、誰をどれだけ哀しませているのか、目で見てきちんと反省しなさい‼」

「先せっ、」

「過去のためにちいさんから家族も恋人も夢も奪って不幸にさせろって⁉　冗談じゃない！みんなに恨まれて俺達の全部が無駄になる。俺とあめちゃんの思い出まで汚さないでくれ‼」

見開かれたちいさんの左目に涙が浮かんだ。

　頭を打ち振ってその肩を突き飛ばし、よろめいて転びそうになったのも構わず追い出したあと、すぐさまドアをバタンと閉めた。施錠してチェーンもかける。

　額をドアに打ちつけて、目が潰れるほど強く瞑った。洩れ聞こえてくる泣き声を、歯ぎしりで耐える。けど無理だった。俺の目からも涙が落ちてドアポストの上に丸い染みが出来た。

「せん、せ……好き。……好きです」

　好き、とドアの向こうでちいさんが泣いている。

　あめちゃん、と俺は心の中で叫んだ。あめちゃん会いたい。俺は正しいって笑って頷いて。

「ごめ……なさい、先生。でも、もう……忘れ、ないです」

　靴を履く気配があった。呻きに似た泣き声と、徐々に遠ざかっていく頼りない足音。

　いなくなった、と理解した途端、また涙が堰を切って溢れ出した。

　ああ、哀しいんだ。俺はあの子が好きなんだ、と今更また痛感する。

『あめちゃん、幸せにする。死ぬまで一緒にいよう。一緒におじいちゃんになろうね。しわくちゃになって老人ホームへ行っても、手を繋いでキスしようね』

『な、なにそれっ』

『俺は長生きして、あめちゃんを看取ってから死ぬよ。絶対ひとりにしない。約束する』

「……あめちゃんっ」

『俺はね、もうあめちゃんがいないとだめだよ。息が出来ない』

『ン……』

『俺のこと、嫌いになっても傍にいて。大嫌いになってもキスして。大大大大大っ嫌いになったら、その時はちゃんと〝ありがとう〟って、別れてあげるから』

「俺は、こんな別れのために……キミと出会って恋をしたわけじゃ、ないのに……っ」

悔しさに力んで拳を握り、ドアを打った。と、その瞬間、外でキキキーッと車の激しいブレーキ音が響き渡り、一瞬で血の気が引いて全身総毛立った。

え、いや、でも、まさか⁉　とあたふたチェーンと鍵を解き、ドアを弾いてたたらを踏みながら正面の手すりへ転がるように進んでしがみつくと、身を乗り出して見下ろした地上に、斜めに停車した車と、俯せに倒れたちいさんが。

「ち、……ちいさん‼」

叫びながら、考えるより先に走りだした。心臓が恐怖に縮み上がって胃腸に響くほど小刻みに鼓動し、指先が痺れて感覚ごと死ぬ。階段を駆け下りている間中、全身に滲み出した冷や汗は、見る間に冷水を浴びたように肌の上に広がった。

また失うのか。

あめちゃんのみならず、ちいさんまでも。

ちいさん、ちいさんっ、とばかみたいに繰り返してなんとか地上へ下りると、地面を蹴ってよろめきつつ、一目散に道路へ向かう。

道の真ん中には、立ち上がろうとしているちぃさんがいた。

「ちぃさん！　ちっ……千歳！　千歳!!」

ちぃさんが傍らにいる五歳ぐらいの男の子を引き起こしてあげた刹那、形振り構わず飛びつくようにさらって胸の中に抱き竦めたら、体温が身体に沁み込んできた。少しずつ確実に。

ここにいる。千歳がいる。

髪も指先も、自分の腕の中に余さず包み込んで、両腕できっちり縛り上げた。

「怪我は!?　怪我はない!?　頭は!?　また打った!?」

「せ、先生っ。だ……大丈夫。子ども、飛び出てきて……助けた、だけだよ」

記憶を失った事故と同じだ、と驚愕した直後、車の窓からヒゲ面の運転手が顔を出し、

「ねぶたいことしてさらすな！　危ないやろ!!」

と怒鳴って車をバックさせ、タイヤをギルギル鳴らして慌ただしく走り去ってしまった。

周囲の民家から出てきた野次馬も、「いやあ、えげつないわぁ」「ああこわ」と囁き合いながらそれぞれの家へ引き返していき、まだ怯えていた様子の男の子も「お、おおきに」と頭を下げて、逃げるように路地の向こうへ消えていく。

瞬く間に無人になった道路を見るやいなや、頭上から豪雨のような安堵が一気に降りてきて脱力した。疲れを実感してドッと重たくなった身体で、ちぃさんを抱いて支える。

「……よかった」

「先生……」

「でも、また守れなかった。今度こそ、一生後悔し続けて死ぬんだと思った……っ」

抱き締めた。ここにいるんだ、と何度も確かめた。背中を撫でて呼吸の振動を探した。

本当に怖かった。この子が、この身体まで死んでしまったらどうしようかと心底怯えた。

別離とは、死に目にすら会えなくなる現実を覚悟することなんだと、肌で実感する。あまりに息苦しくて、鉛のような身体を上下しながら渇いた喉に空気を吸い込み、深呼吸した。

「生きてるよ先生……俺、生きてるんだよ」

「うん……」

「先生がいないと、半身が不安定だから、また転んで、今度はすごい事故になるかもしんないよ。もう帰らない」

「なに、言ってるんだよ……」

ちいさんの赤い目の下、頬のあたりに擦り傷を見つけて、胸が詰まる。

「こんな追いかけてきてもらって、さよならなんて聞けるわけないじゃんか！　俺は、先生が自分の知らないところで死ぬのはいやだよ。おじいちゃんになって、先生が病気になっても看病して、最期までずっと一緒にいたい」

「……おじいちゃんって、」

「過去を汚したりしないよ、無駄にもしない。……また一緒に朝焼け見よう、先生。俺が寝ていたら起こして。引っぱたいても、いいから」

起こして。……起こして、か。

「もし……起こさなかったら、怒る」

「怒るよ。だって先生を一生涯ひとりにしないって、もう誓ったから」

俯くと涙が頬を伝って落ちた。ああ、俺は嬉しかったんだと理解した。

持て余した愛しさが膨らみ続け、胸の中心が熱い。

「……約束したプロポーズが、その言葉だなんて反則だ」

「先生？」

あの日くれた言葉をまたくれた。こんな奇跡を二度もくれるなんて反則だ。激しい至福感に支配されて頭まで痛い。目の奥を圧迫する痛みは限界まで胸を締めつける。

この身体をどう突き放せばいいのか、方法を完全に見失って途方に暮れた。

「ありがとう……どうしようね、困った。嬉しい」

「先生、」

「今このパジャマのまま町内一周したいぐらい嬉しい。……嬉しいよ」

項垂れると、ちいさんが身体を少し離して満面の笑みを浮かべた。苦笑して返し、その目にたまった涙を拭ってあげると、また飛びつくようにきつくしがみついてくる。

「ちいさん……喜んでしまったら、もうだめだ。カヨコさんに謝らないといけない。あと秋津先生に文句とお礼を言って、あ、でも携帯電話がないから番号わからないな……」

鳥がピチチと鳴いて横切り、静寂が降りる。

胸の中にいるちいさんの髪がさららと風に流され、その後頭部を撫でて抱き締めた。

「……身体、本当に大丈夫」

「うん、平気。……先生がいればなにも痛くない」

「俺が病気になったら、本当に看病してくれるの」

「うん、する」

「そっか……でも、俺はちいさんを看取るつもりだから、看病は俺がすると思うよ」

俺の胸に顔を押しつけて、ちいさんが甘える。抱き返して耳にくちづけ、甘やかな余韻に浸った。

俺はこの子を、また幸せにしてあげられるだろうか。

「そうだ、先生。先生のせいで耳に歯型がついたんだよ。昨日、噛んだから」

「え、どれ?」

真顔で訴えられ、確か左耳だったかなと目を凝らして顔を寄せたら、至近距離に近づいた瞬間、いきなりふいと首をまわしたちいさんのくちが、俺のくちにぶつかった。

「先生ここだよ、ここ」

人差し指で左耳を示すちいさんの頬がほんのり赤くなる。目を瞬いて今一度覗き込むと、またふい、とこっちを向いたちいさんの唇が、俺の唇にぶちとぶつかった。

　俺は首まで紅潮しているちいさんを、厳しい目で睨んだ。

「俺は歯型を見るんだよ、自分のせいでちいさんに傷がついていたら困るから。わかる？」

「わかる」

　二度頷くのを確認して再び顔を寄せると、今度はさっと振り向いたちいさんが正面から俺の唇を捕まえ、俺も嚙みついて腰を抱き寄せ、深くまで想いを届けた。

　……この感触と愛しさと味を憶えてる。

「四つ葉、タクシー……探しに行こう、先生」

「いいよ、でもあと五分ちょうだい」

「ここ外だから、五分はだめだよ」

「じゃあ部屋に戻ってから」

　あははと光の中に咲く愛らしい笑顔を見た。右手を伸ばして俺の頭に触れ「寝ぐせすごい」なんてからかい、照れて肩を竦める。反撃するように唇をがぶと嚙んだら、余計はしゃいだ。

　好きだよ、宇宙一好きだよ千歳、と囁いて唇を寄せ、俺はもう一度、長い長いキスをした。

そして手のひらに月曜日の鵠色

お風呂から上がって洗面所に立ち、身体を拭いてパジャマを着ると、まだ棚になにも置かれていない真っ新な洗面台を眺めつつ、髪を乾かして部屋へ向かった。

段ボールだらけの迷路みたいなダイニングを進んでいく途中、話し声が聞こえてくる。

「はい……うん、すみません。いや、カヨコさんは悪くないよ。俺がばかだった。……うん」

さっき番号を教えたから、カヨコと話してるんだ、先生。部屋の前で足を止めて、先生がベッドに腰掛けて携帯電話を耳に当てる横顔を見つめた。神妙な面持ちでぴりぴりした緊張感を放っている姿を目の当たりにすると、その空間へ立ち入って掻き乱してはいけない気がした。

カヨコは泣いているだろうか。俺が身勝手な別れを切り出した夜のように。

『俺、先生が好きだからカヨコと別れたい。……ごめん』

『……そう。――……うん。本当は記憶をなくす前から、千歳君には恋人がいるんだろうなって思ってたよ。でもそんな話一切しないからさ。……まあ話せないか。相手が同性だなんて』

『話さなかった理由はわからないけど……たぶん、先生を非難されたくなかったんだと思う』

『そうだね。付き合う前は私達、その程度のいいお友達だった。……私が勝手に片想いしてたんだよ。忘れたのに、もう一度同じ人に恋するなんてかなわない』

『カヨコに支えてもらったのは本当だよ。毎日のようにお見舞いに来て昔の話をしてくれて、疑心暗鬼になって怯えてた時だって、励ましてくれた。ありがとう』

『……ン。幸せになってね』

カヨコに〝千歳君が記憶を失ったことを責める人がいるなら、私が守ってあげる〟と言われた時、脳天から熱雷を受けたような衝撃が走って、恋する感情を思い出した。

傍にいるだけで胸が躍る高揚感や、自分も守りたい、その人のために強くなりたい、と身体の底から迫り上がってきて始終自分を支配し続ける温かい原動力が、胸に降りてきた。

でもどうしてか、カヨコの手の小ささと冷たさが気になった。並んで歩いてもカヨコの華奢な身体は簡単に倒れてしまいそうで、自分の半身が不安定だった。キスも出来なかった。見つめ合うと、頭の反対側で誰かが〝だめだ〟と警告する。

俺が胸を躍らせたのは誰だろう。守りたくて強くなろうとしたのは、誰だったんだろう。

……そうひとりで思い悩んでいた頃に、先生と会った。

喫茶店でカヨコの話を聞いていた先生は、生気が抜けたように呆然としていたのに、いきなり椅子を立って俺の頭の傷を心配し、撫でて泣いてくれた。

どかんと胸に猛烈な痛みが落ちて心が騒ぎ始め〝この人は、自分にとって必要な人なんだ〟と理解した衝撃は、きっと何度記憶を失ったって味わうんだろうと、確信してる。

「はい。カヨコさんの分まで幸せにします。……ありがとう。おやすみなさい」

携帯電話を耳から離して通話を切った先生が、画面を眺めて「新しい携帯電話すごいけど、ここ電波悪いみたい」とこぼしてから、俺に笑いかける。昼間買った、お揃いの携帯電話。

ほっと安堵して、先生の横へ座った。

「カヨコ、なんて」

「優しい子だった。千歳は本当にいい子に傍にいてもらったね」

「……ん」

寝ようか、と先生が促す。掛け布団と毛布をよけて一緒にもぐり込み、「わあ、まだ布団が冷たい、先生の足も冷たいっ」「千歳の足はあったかい。もっとくっついてくっついて」と、向かい合って手を繋ぎ、笑った。

脳裏をカヨコの泣き顔が掠める。先生の耳にもまだ声が残って揺れているのがわかる。

「……ねえ、千歳。千歳は初めてだから、今夜はちゅうちゅうするだけにしてあげるよ」

俺の右指にくちづけて、先生が微苦笑した。「……うん」と頷いて額にくちづけ返したら、次はくちにキスをくれる。昼間、不誠実だと責めたことを反省した。

「本当は、もう少し日を置いてから来るつもりだったよ」

「そうなの」

「うん。でも昨日、別れたあと先生と携帯電話が繋がらなくなって、哀しくて寂しくて、今日来ようって決めた。ひと晩考えたよ。俺の携帯電話が壊れた時、先生も同じ気持ちだったのかなって。なのに俺のこと心配して、捜して会いに来てくれたよね。……ありがとう。先生に会えなかったら、俺は一生迷子だったよ」

誰といても、何度恋をしても、きっと心の欠けた部分を探し続けた。先生を捜し続けた。

もし永遠に会えなかったら、たくさんの人をカヨコのように傷つけただろうし、しまいには友達も恋人もつくることをやめて、人間を怖れて逃げて、孤独でいようとしたかもしれない。

　俺の空虚を埋められるのは先生だけだった。

「また好きになってくれて、ありがとう先生」

「なに言ってるの。俺は千歳しか好きになれないよ」

　先生の掌が俺の耳を覆って、胸に抱き寄せてくれた。また涙が出そうになって笑ってごまかすと、背中を撫でてくれる。さら、さら、と上下する大きな掌が温かくて嬉しい。

「大学はどうするの？　休学したって言ってたけど」

「ンン……先生のおかげで合格したし、卒業はするつもりでいるけど、俺、遠距離はいやだ。先生と離れているのが本気で怖い。あめちゃんが身体の奥の方で暴れてるの、わかるよ。俺の意志とはべつの恐怖心が、背筋をぞわぞわ這い上がってくるもの」

　この衝動は、継続的に体験していたらノイローゼになるに違いないと思うほど、奇妙なものだ。幽霊にとり憑かれたみたいに、自分の中の別人に操られる。

　明るさを装って「ぞわぞわ～」と先生の背中をくすぐったら、へらへら笑ったあと唸った。

「こうなると、引っ越したのを後悔したくなるね……。とりあえず一度一緒に帰ってご両親に挨拶しよう。カヨコさんの前に電話入れたけど、お母さん〝きちんと説明してください〟って怒ってたから。仕事から帰って千歳の書き置き見て、相当心配していたらしいよ」

「怒ってた？　先生、なに言われたの!?」

お風呂前に「電話番号を教えて。カヨコさんと、実家と」と言われた時、「親に連絡するなら俺も同席するからね」と釘を刺しておいたのに、先に電話されたみたいだ。

「約束やぶらないでよ！」

「焦るのは、千歳がうしろめたいことをした証拠だよ。反省なさいよ」

「うっ。じ、自分の知らないところで先生が親に責められるのが、いやなんだよ」

「責められるようなことを許したんだからしかたない。……それに千歳、お風呂長いよ。綺麗に洗いすぎじゃない？　えっちなこと考えてたなー、絶対」

「ぜ、全っ然考えてないよ、ゆっくり入ってただけだよっ」

じゃあ確認させて、と先生が俺の上へ来てくちにキスしつつ、パジャマのボタンをふたつ外した。肌が露わになると愛おしそうに微笑んで、首筋から鎖骨まで唇と指先で丁寧になぞる。

「あ……あったかくて……気持ちいい……」

「気持ちいい気分になったらだめだよ。確認するだけなんだから」

ンンッ、と先生の頭を抱いて髪を引っ張ったら、首元で笑みが洩れて吐息がふわと広がった。

……温かい。俺を覆う先生の腕も身体も、肌に落ちる唇の感触も全部。

「……俺はね、千歳のご両親に会いたかったよ。ありがとうって言いたかった。千歳がいてくれたから俺は救われたんだもの。千歳とご両親のおかげだよ。とても感謝してる」

「うん……俺も、先生のご両親に挨拶に行くよ」

「俺の親か――……まずは引っ越したことを報告しないとだ」

「してないの⁉　こんな遠くまで来たのにっ」

「成人したらどこで暮らそうと自由でしょ？　落ち着いたあと報告しようとは思ってたけど」

奔放だ。でもこれが自立した大人の感覚なのかな？　うーん。うちは過保護だから不思議。

天井に線を引く街灯の淡い光を眺めて考えていると、先生が俺の右側の首筋に顔を埋めて
「おっぱいが食べたくなってきた……」とぽつりこぼす。「大きいおっぱいがいいんでしょ」と詰《なじ》って笑いつつ泣きぼくろを撫でたら、苦笑が返ってきた。

なんだろうこの人。へんなの。へんな人。

大人らしく俺を叱った直後に、いきなり子どもみたいにおっぱいって、なにそれ。

愛しさが込み上げてきて、目いっぱい力んで抱き締めた。両脚で身体を挟んで束縛し、腕の力の限界まで縛り上げる。「いたた、いた」と困る声すら泣きたいほど好きで。好きで。

「俺にとって先生は理想の大人だよ。感覚の違いにムカムカしたりもするけど、先生はいつも〝どうしたら相手を大事に出来るか〟って考えてる。傷つける時も、俺の幸せを想ってくれてた。大人でも心が子どもな人は、自分の欲のために相手を攻撃するもの。本当の大人だ」

「弱いだけだよ」

「……ほら。そんな返答をする先生が、宇宙一好きだよ」

俺の右肩の上で先生が静かに呼吸して額を擦りつけるように首をまわし、ごろごろ甘える。パジャマの上から掌で胸を覆い、愛しさを沁み込ませるようにお腹まで柔らかく撫でてゆく。

「……千歳がいる」

「いるよ。先生といると、やっと帰ってきたーって胸が痺れるぐらい安心するよ」

「今日からは、嬉し涙しかあげない。……たくさん、ごめんね」

俺もごめんなさい、と抱き締めた。広い背中も全部包みたくて腕を伸ばして丹念に撫でた。

「先生。実家へ行くのは四つ葉タクシーに乗ってからにしようね。今日見つからなかったし」

「千歳……もしや帰るのが怖いんじゃ……」

「うちはね、父さんはわりと穏和なんだけど、母さんが強いんだよ。俺が記憶を失ったあと真っ先にアルバムとかビデオとかしこたま持ってきて、〝思い出しなさい！〟って怒鳴ったし。怖くはないけど、こう……一応、縁起ものだし。願かけ」

先生が吹き出して、おかしそうに笑った。上半身を起こして俺の右頬をがぶがぶ噛み、左耳を揉みしだく。なんか、はしゃぎだした。なんで。本当に、怖くなんかないのに。

「お母さんが叱ってくれるのは愛情があるからだよ。大丈夫。俺、強い女性に慣れてるから。――あ、そうだ。秋津先生にも連絡しないと。明日手紙でも書こうかな」

頬からくちへ、先生の唇が移動してくる。奥を探る先生にこたえて舌先を差し出すと、くちに含んで吸い、ンと喉を鳴らしてから俺の左手を手繰り寄せ、指先を絡めてきつく結んだ。

……俺は最初、先生の恋人は秋津先生で、自分はリスクだらけの不毛な片想いに耐え続けていたのかなと考えてた。京都も秋津先生と行くのかなとか。その誤解はすぐに解けたものの、先生と秋津先生の過去が気になって、会いに行った時つい訊いてしまった。

『秋津先生は、能登先生とお付き合いしていた過去がありましたか』

そうしたら秋津先生はにんまりにやけて『いい質問するじゃなーい……』と俺の頬を優しくつねり、俺ははっと息を呑んで、誰が誰に片想いしていたのか、わかってしまった気がした。

「秋津先生に手紙……なんて書くの？」

「ひみつ」

……うん、そっか。先生に噛まれた右頬がひんやりした。目の前で先生が眉を下げて笑い、俺の額に額を合わせてごりごり擦り寄せ、また一瞬だけキスする。

俺の深くまでゆっくり巧みに浸透してくる先生と、その動きについてゆけない不器用な自分が、胸を突く刺激が、恋情を煽った。心臓が波打つたび、身を竦めて反射的に先生の指を握っていたら、そのうち先生の手が離れて、俺の背中にまわった。抱き竦める腕の力が増すのと同時に、唇を貪る舌も激しく、強引になる。

先生の想いが心を貫くと、胸が余計に痺れて、俺の中の熱情が声を上げた。

「俺……生きていて、いいんだ」

「……当たり前だよ。いてくれないと困るよ」

やがて深夜になると、俺達は一度ベッドから出て紅茶を飲みつつ、この段ボールだらけの部屋をどこから整理するか、家具の配置はどうするかを真剣に相談し合い、時々キスした。

まず掃除をするために雑巾とゴミ袋を買い足す必要があるし、窓のサイズに合うカーテンも探さなくちゃ丸見えだ、と買う予定のものをひとつずつメモして、目が合うとまたキスした。

気づいたら俺はうしろから先生に抱かれる体勢でひとつの毛布にくるまり、開け放たれた窓から夜明けを見ていた。

「先生、日が差してきた。……五階って綺麗だね」

「ン。今日は橙色がいつも以上に鮮やかだよ」

「鮮やかか――……すごい。太陽が金色で眩しい」

少しずつ少しずつ太陽が顔を出すにつれ、空が光に満たされて夜が薄まっていく。

そこに浮かぶ雲の影の帯に、すっと心が奪われた。

「鴇色だ。……俺、色の中で鴇色が一番好き。色に名前のない世界へ行ったら、鴇色は朝焼けの色って教えるよ。先生もそうしよう」

先生を見上げて微笑みかけると、はっと驚いた顔をしている。どうしたの、って笑って擦り寄ったら、項垂れるようにして俺を抱き締め、消えそうな、震えた声でこたえてくれた。

「うん……いいよ。約束する」

見渡せる町のそこかしこに、咲き始めた桜が揺れて、鴇色の雪のような花を降らしている。

朝焼けの光を浴びて、きらきら瞬きながら世界に色を落としていく。

「千歳、見て」

突然、先生が拳を握った右手を俺の前に伏せてかかげ、ぱっと開いた。そこにひとつ、桜の花びらが。

「今はらはら落ちてきたんだよ。綺麗な鴇色でしょ？　千歳にあげようと思って、空中キャッチしたよ。ぱしっ！　と」

「えーっ、嘘だ！」

「ほんとうほんとう。……はい、あげるよ」

俺は声をひそめて笑いながら受け取った。綺麗な鴇色の桜の花弁。

「嬉しい。ありがとう、先生。今度、夜桜を見に行こう。俺、夜桜大好き」

「そうだね。夜桜いいね。一緒に見よう」

太陽がもうすぐに目を覚まし、地平線から空へ向かって起き上がろうとしている。

俺の肩に顔を埋めた先生はぎりぎり抱き締めて囁いた。

「……おはよう、千歳。愛してる。噛み締めて食べたいぐらい、すごくすごく愛してるよ」

俺も赤く染まった顔を隠すように先生の頭に額を擦りつけて甘え、見つめ合って小声で笑い合って、光に照らされた掌を強く握り返し、こたえた。

「俺もすごくすごーく愛してるよ。もう絶対離れない。……おはよう、匡志さん」

『秋津先生
ぼくたち結婚しました。
これからは力を合わせて幸せな家庭を築いていきます。
今後とも、どうぞよろしくお願いいたします。

追伸
ひょんなことから悲劇のヒロイン病を発症し、携帯電話を破壊してしまいました。
秋津先生と他の講師仲間の連絡先がわからなくて困っています。
今度こっそり教えてください。
またそちらへ行く際はおいしいご飯を食べながら、ノロケ話を聞いてほしいです。

能登　匡志・千歳』

あとがき

ダリアさんから、二冊目の本になります。

初めましての方、お久しぶりの方、手に取ってくださり、ありがとうございます。

『君に降る白』が書店に並ぶ直前に引っ越しをしたのですが、新居で最初に書くのはこの話にしようと決め、数ヶ月かけて大事に書き続けてきた作品です。

過去作品を彷彿とさせるエピソードがいくつかありましたが、伝えたいテーマが真新しいものであり、かつ、このふたりの性格と愛し方で描く物語に、どうしてもえいやっと魂を込めたくなったので、その思いを余さずごりごり叩きつけました。

私は欠けた部分のある人間が好きです。

完璧な人も、その完璧さこそが欠陥なのだと思います。

能登の人となりは、嫌われてしまうかもしれませんが、そこにも伝えたいことがあったので覚悟して向き合いました。今はふたりを本にしていただけたことが、ただただ幸せです。

章ごとのタイトルのお話をします。

『先生へ』は、千歳があめちゃんでいた頃の唯一の章なので、こうしました。

『きみの中、飴がなく』の〝なく〟は、泣く、無く、亡く、すべて正しいです。いろんなふうに解釈してほしくてつけました。

『そして手のひらに月曜日の鵜色』は、このふたりが月曜日に鵜色を見たシーンはあえて書かなかったのも含め、皆様の心の中で未来へ繋げてもらいたくてつけました。

日曜日の夜、明日学校いやだなあとか、仕事いやだなあとか、しょんぼり思う時に、ふとこのお話を思い出して幸せになっていただけたら、嬉しくてじんわりします。


テクノ先生。今回の挿絵は、笑顔を見るだけで至福感に胸が潰れる絵を描ける方にお願いしたくて、担当さんにテクノ先生じゃなきゃいやって我が儘言いました。先生の描く幸せな笑顔は、その幸せが私の胸までずきずき刺激して涙すらこぼれます。お忙しい中、我が儘にお付き合いくださり、本当にありがとうございました。

担当Sさん。書き手としての個人的な相談事まで聞いていただいたりで、いつもお世話になっています。こうして書いていられるのも、担当Sさんとダリア編集部の皆様のおかげです。二冊目を出してくださって、夢のようです。今後とも恩返し出来るよう頑張ります。

校正者さんにも、お礼申し上げます。登場人物の心情を理解した上での的確な校正に、また助けていただきました。携わってくださる方々が皆温かで、本当に幸せな作品です。

そして前作のあと「おかえり」とアンケートやメールをくださった読者様。

ただいまと言える人がいると思っていなかったので驚きました。

作品は、私ひとりが担当さんや編集部に迷惑をかけて書いたとしても無意味で、皆様が受け取ってなにかを感じてくださらなければ完成しません。「また見つけてくださって恐縮です」と私が感謝しなければいけません。

作品完成の手助けをしてくださって、心からお礼申し上げます。

いただいたぬくもりを返したくて誠心誠意尽くしました。まだまだ未熟な書き手ですが、これからも常にデビュー作のつもりで一作一作向き合っていく所存です。

またあらすじや挿絵など、好みの作品があれば会ってやってください。

その日まで。

朝丘 戻。

朝丘先生や
編集さんに
たくさんのごめいわくを
おかけしつつも
とてもたのしくおしごと
させていただきました！
あとは
さしえがお話を読まれる方の
おじゃまにならぬことを
いのるばかりです。

ではでは、

ありがとうございました！

テクノサマタ

あめちゃんへ

お天気お姉さんが『雪が降ってきました』と笑顔で話す姿を見ていると、寒さが余計増して身震いした。

テレビを消して膝を抱えた瞬間、玄関でピンポンとチャイムが鳴り、ガチャと開いて「こんばんは」と、あめちゃんの声が。

「あめちゃん」

迎えに行くと、あめちゃんはキッチンに入ってなにやらエコバッグに入った荷物を置き、マフラーを外してにこと微笑んだ。

――五日前、俺達は恋人同士になった。今夜はあめちゃん二度目の外泊日だが、俺はこのあと今年最後の仕事へ行かないといけないので、それだけが恨めしい。

暖房で暖かくなった部屋へあめちゃんを招き、こたつに入るよう促すと、コートを脱いだあめちゃんが、足を入れて暖まる。雪のせいかしっとり濡れた髪が艶めいて揺れていた。

はあぁ……なんでこんなにかわいいんだろうな、あめちゃん……。

「先生、その顔……」

ん？　と横にしゃがんで笑いかけたら、あめちゃんは小さな唇を結んで目をじとと細めた。

「……。もしかして、えっちしたいの」

「……。したいけど、しなくてもいい。あめちゃんを抱き締めたい」

うん、と眉を下げて笑顔で頷いてくれたので、俺はあめちゃんのうしろに座ってこたつに入り、腰に両腕をまわして身を寄せた。あめちゃんの背中と自分のお腹の隙間を塞いで、柔らかい髪にくちをつけ、至福を吸い、息を止める。

「嘘みたいに幸せだ……俺は絶対にふられて、今夜なんてもうひとりだって覚悟してたもの」

「嘘じゃないよ。俺達が一緒にいるのは、ありふれた当たり前の、他愛ない現実だよ」

「他愛ない現実か——……やっぱり嘘みたいだ。あめちゃんの体温が腕にじんわり沁み込んでくる。髪から太陽の匂いもする。頬が柔らかい。大好き」

「うん……」

「あめちゃんは、いつも〝うん〟ってこたえてくれるよね。俺はそれがすごく嬉しいよ」

「どうして？」

「許されてるなあって感じるんだよ。甘ったれた俺を、全部黙って受け止めてくれてるなあって思う。でも許しながら、悪いところはちゃんと叱ってくれる」

俯いて照れたように身をすぼめたあめちゃんが、「先生、俺あったかすぎてぼうっとする……みかん食べたら涼しくなるかな」とテーブルの上のみかんに手を伸ばし、俺は「食べてごらん」とあめちゃんの左耳にくちづけた。みかんの皮を剝く指まで繊細で愛おしい。

恋は奇跡だ。三十年生きて初めて出会えたからわかる。百人の人間と知り合おうが、千人の人間としゃべろうが、芽生えるとは限らない。

あめちゃんのそんな唯一に、男の自分がなれたなんて、今でも信じがたい。

「……俺、いつもシャーペンを握ってた、このあめちゃんの指を舐めたんだよ」

「うん」

「お風呂だって一緒に入ったよ」

「……うん」

「身体、洗ったし」

「洗ってもらった」

「おっぱいも吸ったたし」

「おっぱいはないよ」

「ちくび吸ったし」

「言いなおさなくていいよ……」

あめちゃんは今度こそ赤くなって「先生も暑くておかしくなってるんでしょ、みかんあげるよ」と差し出す。ぱくと食べて引き寄せて、あめちゃんの左肩に突っ伏してごろごろ甘えた。

「あーんしてもらったっ。三回目だよ」

「もう〜……これから何回だってするよ」

「ああ無理……嬉しくて死ぬ。嬉死《うれし》する」

心も身体も、ふわふわ空を泳ぐように柔らかく満たされる。

あめちゃんが肩を揺らして笑いながら、俺の手の甲を掌で覆って、するする撫でてくれた。

「死んじゃいやだよ、先生。まだまだまだまだ、だめ」

「はい。約束は絶対に守ります。……あめちゃんを看取る時はね、あめちゃんの意識が消えるまで俺が何度もキスするよ。唇の先に呼吸が感じられなくなるまで、ずっと」

「……ン。寂しくないね。怖くもない。でも先生は、ひとりで寂しくないの」

「さびしい。すっごくさびしい。一ヶ月経たないうちにあとを追うと思う。食事放棄して飢えて寂死《さびし》するに決まってるよ」

「決まってるの⁉　いやだそんなのっ」

あめちゃんの唇にくちを寄せ、縛《しば》るように抱き竦めて唇の奥、心の底へ、想いを刻みたくてくちづけた。愛してる、と訴える。くちで、指で、幾度も。

この子が死ぬ最期のほんの一瞬も、きっと幸せにしてあげたい。

「俺の気持ちって、あめちゃんの心を通り過ぎるだけじゃなくてちゃんと胸まで届いてる？」

「……うん。もちろんだよ。一生消えない傷跡みたいに焼きついてるよ」

「傷跡かあ……嬉しいけど、それはなんだか痛いね」

心は不明瞭で、胸で感じられても手で摑めない。だから届いてないのではと疑う。見えるはずもない一生の先に目を凝らして、あめちゃんの姿を探して、好きだと足掻いて焦れ続ける。

「離れたくない……あめちゃんとずっとちゅうちゅうしてたい」

「そろそろ予備校の時間だよ、先生」

「うぅっ。大雪になって、予備校のドアなんかかちっと凍って入れなくなればいいのに……」

「あはは。だめだよ、先生のためにも行かなくちゃ」

昏を突き出して「ちゅうちゅうの方が俺のためなのに……」とぼやき、立ち上がった。一気に冷気が全身を包み、思わず身体を抱える。「う〜さむい」とコートとマフラーを身につけ、財布をポケットにしまって玄関へ行くと、あめちゃんも見送りに来てくれた。

靴を履いて向かい合い、笑顔を見たら途端に名残惜しくなって、今一度抱き締める。

「あめちゃんはあったかい……やっぱり行きたくない」

腕の中で、あめちゃんがぐりぐり頭を擦りつけてきて甘え、「だめ」と笑った。

「先生の帰り、待ってるよ」

「はい……すぐ帰ります」

「うん。クリスマスの用意、しておくからね」

「へ。クリスマス⁉　用意⁉」

驚きのあまりばっと身体を離して顔を覗き込んだら、あめちゃんは俯いて隠してしまった。

「全然頭になかった。俺もなにか買ってくる。クリスマスってなにするんだ？　ケーキか！」

「……もう買った」

「えぇっ」

「お肉も買った。シャンパンも。だから先生は仕事して帰ってくればいいから」

あ、さっきの荷物って……！　と絶句した。

全然だめだ。俺ばかり幸せにしてもらってるじゃないか。

ありふれた他愛ない現実の中で、あめちゃんだってきちんと俺のことを想ってくれていた。

「どうしよう。ごめんね、恋人の常識わかってなくて。でもあめちゃんを愛してるんだよ」

「うん、大丈夫。謝ることじゃないから」

「本当に本当に愛してる。本当だよ、愛してる。あめちゃんのことだけ愛してる」

わかったからっ、と耳まで真っ赤になって俺にしがみついてくれるあめちゃん。

すべてが夢のようで、僅かに耳を撫でる雪の音ですら幻みたいに遠く、幸福に暮れた。

「あめちゃん……」

「……ん」

「玄関、さむいね」

ぷふっと吹いたあめちゃんと、いつまでも玄関の隅で笑い合った。愛してると伝え合った。

――……そんな、キミがいてくれた初めてのクリスマスを、今も大切に憶えているよ。

END

ダリア文庫をお買い上げいただきましてありがとうございます。
この本を読んでのご意見・ご感想・ファンレターをお待ちしております。

〈あて先〉
〒170-0013　東京都豊島区東池袋3-22-17　東池袋セントラルプレイス5F
(株)フロンティアワークス　ダリア編集部
感想係、または「朝丘 戻。先生」「テクノサマタ先生」係

✻初出一覧✻
あめの帰るところ・・・・・・・・・・・・・・・・・・・・・・・・・・・書き下ろし

あめの帰るところ

2010年 9月20日　第一刷発行
2018年10月20日　第四刷発行

著者　朝丘 戻。

発行者　辻 政英

発行所　株式会社フロンティアワークス
〒170-0013　東京都豊島区東池袋3-22-17
東池袋セントラルプレイス5F
営業　TEL 03-5957-1030　編集　TEL 03-5957-1044

印刷所　図書印刷株式会社